U0016582

2006年剛畢業入社會沒多久，看了「遺忘書之墓」最癡迷難忘的永遠是這段文字：「這是個神祕之地，就像一座神殿，根據傳統，第一次造訪這個地方的人，可以挑一本書，並確保它永遠不會遺失。我就在這一刻挑中了我要的書——《風之影》」。
薩豐筆下前前後後對巴塞隆納、愛情、歷史種種迷離的描述，讓我深深著迷於巴塞隆納，離開了台灣展開西班牙巴塞隆納尋夢之旅，這才發現書中提及的西班牙內戰，至今馬德里對巴塞隆納種種對立，這樣的既視感身爲台灣人，感同身受。
走訪巴塞隆納，問著居民大部分的民眾都知道台灣，其中最感人的就是對歷史很了解的民宿老闆講了這樣一段話：「薩豐小說中提到的巴塞隆納，以及流過的血，我希望我們的血不要白流，跟台灣一樣能有個獨立自主的國家。」
謝謝薩豐寫了這麼多美好的文字，希望有生之年能在大銀幕看見，儘管他本人並不想，但這段巴塞隆納歷史，需要被世人永久記憶。

——卡歐莉佐拉如是說，薩豐迷資歷15年

我本來以爲沒有一本
可以超越《風之影》，
事實證明我錯了，
一本比一本精采。

——張鐘云，薩豐迷資歷1年

薩豐
紀念留言

您設置一場天使遊戲，當掙脫天空的囚徒，跟隨那縷風之影翻飛，進入靈魂迷宮時，我們終將在氤氳之城，遺忘書之墓前，與您相視而笑。

——劉盈瑩，薩豐迷資歷20年

我相遇一位女孩，她說國中時讀的就是薩豐，我說妳就像書中的艾莉夏。現在她成了我的妻子，而您已經在天上看著我們，遺忘書之墓永遠活在我們心中，我們會隨著您的文字一同漫步在《氤氳之城》尋找薩豐。

——林聖甯，薩豐迷資歷 14 年

遺忘書之墓中巴塞隆納的街頭，從國中開始陪著我成長。直到成爲了大人，奇幻故事依舊讓人著迷。那些閱讀到半夜三更的日子還歷歷在目，但你已經不在了。除了不捨和思念，我想更多的是感謝。謝謝你創造了書中的世界，豐富了無數讀者的人生。

——鄭雅之，薩豐迷資歷14年

Thanks, Carlos Zafón, for bestowed happiness through stories in our minds :)
願故事能賦予我們對生命更多的認識和學習，並能繼續好好的生活著。

——tis'rose，薩豐迷資歷9年

想念薩豐。
乍聽到薩豐過世，除了震驚外，第一個念頭：嗯，薩豐終於去遺忘書之墓了。
我以為風之影的旅程已經結束，還好我們還會有《氤氳之城》。
波赫士：「天堂應該是圖書館的模樣」，而我只想著去有薩豐的遺忘書之墓。

——邱文宗，薩豐迷資歷15年

那是少時的我第一次盯著印刷字心裡輕輕一顫，《風之影》就這麼成爲了我生命中最初拾起的鏡子；爾後，遺忘書之墓如一片止水之湖，隨時空流轉、光影浮掠，始終靜靜映照著我心中的眞實。謝謝薩豐來過了世界、送出了入場邀請、並永遠留了下來。

——ERH-NING，薩豐迷資歷14年

我是在部隊的圖書館，無意間發現《風之影》。這本書的借閱卡一片空白，因爲中心的圖書館鮮有訪客，小說區更是孤島。
我問管理員爲什麼想進這本小說？他說會來這裡的書沒爲什麼，消化預算剛好挑中罷了。我懂這感覺。我帶著同是天涯淪落人的心情借走了它。
時間緩慢前進的大鍋飯日子，我沉浸在達尼的人生裡，就當自己也發現了一座遺忘書之墓，一本命定的書，一個看不見的朋友。
我在夜哨時摸黑讀它，白天開車載長官的空檔，窩在車上能讀幾頁是幾頁的讀它。我還記得跨年的那天站崗，讀著讀著遠方升起燦爛煙火，笑聲在高牆外，那感覺就像馬頔的歌詞，外頭是北方的寒夜四季如春，我在裡頭荒無人煙。
沒有網路的日子，我幻想著現實中的出版社、文學家，是否就跟書裡形容的一樣不顧一切的浪漫。也像胡立安一樣，意識到人終究要面對現實不若想像。
直至今日，我心裡還留著當時心靈被《風之影》占據的感覺。薩豐說書是鏡子，但對我來說，只有與《風之影》四目相對曾如此赤裸。
那之後，我在其他書上照見的面容愜意多了。也許是臣服於很多事和很多書，讓它隨風去，讓它無痕跡，看過就可以放下了。
不過我還是相信，「你不覺得這本書一直在等著我嗎？它似乎在我出生之前就已經爲了我而藏身在這了。」——《風之影》

——范寬，薩豐迷資歷 10 年

La ciudad de vapor

氤氳之城

當代最受歡迎西班牙作家薩豐，
獻給書迷的告別故事集

Carlos Ruiz Zafón
卡洛斯·魯依斯·薩豐 著
范湲 譯

薩豐魅力，他們如此說——

作家輕輕地走了，但故事還在。

——譚光磊　版權經紀人

薩豐以充滿魅力和魔力的文字堆砌出一座無可比擬的島嶼，即便歲月推移，它終究無可撼動，而且永不消失。

——范湲　譯者

醒目耀眼、聲勢驚人的作品，弦外之音裡另有弦外之音，讀起來眞的很過癮！有了這麼一本精采的小說，誰還需要看電視？

——史蒂芬・金

卡洛斯・魯依斯・薩豐是個說故事高手。

——瑪格麗特・愛特伍

打開第一頁，薩豐就像催眠師，用手指輕輕比畫兩下，帶領讀者沉墜入他的幻想國度中，屏氣凝神不捨離開。

——藍祖蔚　影評人

薩豐拿著一把手術刀，從時間流的隙縫中鋒利地劃開，把隱藏在其中的陳年往事一一翻掘，構築出一篇驚心動魄的黑獄風雲。每個人的背後都是一本書，再不起眼的市井小民，打開他的心扉後，讀到的，都是令人低詠不已的人生史詩。

——范立達　新媒體從業員

他的書具備了所有好小說所會有的特質：能讓我們浮躁的心，安靜了下來。

——李立亨　藝術節資深策展人

宛如電影畫面般的場景，《基督山恩仇記》般的情節，及令人反復咀嚼的文字，讓讀者不停地看下去。

——劉進興　教授

是書的故事，作家的故事，書本的故事，經由《基督山恩仇記》之鑰的開啓，交織出恩怨情仇的人性光影……

——李敏勇 詩人

薩豐是卓越的說故事高手，他的文筆明顯深受狄更斯和哥德等作家影響，對於謀殺和情感衝擊的描述，緊緊扣住讀者的心。

——英國《倫敦晚報》

薩豐下筆大膽、嚴肅又深刻，把二十世紀西班牙顛簸動盪的歷史處理得精采。他的作品已非單一城市的文學遺產，而是屬於全世界的。

——英國《泰晤士報》

跟著薩豐的文字走進巴塞隆納的大街小巷，你將在不經意處瞥見，來自過往的暗影與藏於今日的祕密，都悄悄刻印在這座城市的建築紋理與人們的生活裡。

——英國《衛報》

馬奎斯、安伯托·艾可和波赫士攜手演出一場精采絕倫的魔術秀，令人目不暇給。

——美國《紐約時報》

薩豐重新詮釋偉大作家的格局和風範，其高超卓越的說故事功力儼然自成一派。

——今日美國

魯依斯·薩豐不僅寫出了濃情烈愛，同時也呈現了魔幻、謀殺和瘋狂等吸引人的情節，再怎麼散漫、遲疑的讀者，也會全神貫注地看下去。眞是好看得不得了！

——美國《Elle》雜誌

薩豐是一位營造故事氛圍的大師，他的巴塞隆納以紅黑鑄成，有血色天空與煙灰的雲。他對小說的力量的信念，讓人深深動容。

——美國《金融時報》

薩豐掌握敘述技巧的功力精準而超凡。書中營造的氛圍強化了撲朔迷離的情節，呈現了經典的哥德小說樣貌。

——紐約《每日新聞》西班牙文版

宏偉的藝術之作，簡直讓人想把每一頁吞下！

——奧地利《回聲報》

他的小說讓人感受到久違的閱讀熱度！

——澳洲《坎培拉時報》

魯依斯．薩豐的作品讓人完全沉迷其中而無法自拔。這個人的創作天分簡直是所向無敵！

——西班牙《世界報》

一如往昔，薩豐的故事再次吞噬了我們。

——西班牙《先鋒報》

如果你從未讀過薩豐的作品，請準備好迎接一場盛宴，嶄新的宇宙將在眼前開啓！他以帶有魔力的筆觸，將讀者吸入令人驚心動魄的故事旋風，踏入這座文學迷宮裡，遇見一個又一個迷人角色，彷彿一場永遠不會結束的精采旅程。

——法國《Historia》書評

薩豐的文字是如此栩栩如生，彷彿能穿透視網膜，在讀者的腦海中直接放映所有故事。

——法國《文學沙龍》書評

令人難以抗拒。故事豐厚飽滿，承接了偉大的成長小說傳統，謎團與懸疑彷彿俄羅斯娃娃似的，驚奇不斷。

——法國《費加洛報》

薩豐打造驚奇的故事旅程，讓人聯想到魔幻寫實主義大師波赫士，以及愛倫坡的黑暗小說，任人在其中或冥想、或懼怕、或會心微笑。

——瑞士《每日導報》

薩豐的語言如此華麗，很少有人能抗拒它的魔力。

——德國《世界報》

絕對施了魔法，此外沒別的說法能形容薩豐的小說。故事與書寫、情節與人物，簡直巧奪天工。他的文字激動人心，有如馥郁誘人香氣，久久縈繞不息。

——德國《漢堡晚報》

薩豐這些精采的驚悚故事有一種調性，令全世界百萬讀者欲罷不能，只想讀更多。

——德國《時代週報》

薩豐強大的文字深深打動讀者，令人感同身受，彷彿與主角合而爲一。

——德國西南電台

不久後，就像濃霧堆砌出來的身影似的，
這對父子消失在蘭巴拉大道上的人群裡，
他們的足跡，將永遠漫遊在風中的幻影裡。

——《風之影》

主編的話

在完成了人生代表作「遺忘書之墓」系列，並於二〇一六年出版本系列四部曲的最後一本小說《靈魂迷宮》之後，薩豐擬定新計畫，下一步是將他的短篇小說集結成書。《氤氳之城》的初衷是爲了呈現給讀者他以各種形式發表有關巴塞隆納的故事，當中包括曾在報章期刊中面世，或以附加在小說特別版的別冊出現，以及從未發表過的作品。

因此，他將數篇全新創作的短篇故事交給編輯，並委託編輯蒐集整理過去散見的作品，準備成書，且不只是單純的彙整作品。然而，先是因爲四部曲的版權事宜逼近，後因作者本人疾病纏身，出書一事便決議推延。

薩豐對於這本書的構想，除了作品本身有其意義，也是他對讀者們的一種認同，畢竟這群廣大讀者從《風之影》開始即一路相伴至今。如今，由於這本書在作者去世後才付梓，竟也成了出版社對作者本人的致敬之作，當然，讀者們也能藉此緬懷對這位當代最受推崇的作家之一。

《氤氳之城》乃「遺忘書之墓」文學世界的延伸。或藉由發展某個角色不爲人知的特質，或深入探討傳奇圖書館的建造歷史，或因爲與這些故事相關的主題、動機和氛圍對四部曲的讀者們是再熟悉不過的。命運悲慘的作家、深具遠見的建築師、被取代的身分、幻影般的建築、令人難以抗拒的生動描述、精采至極的對話……尤其是故事、情節和敘述風格，將帶領我們走向炫目迷人的全新領域。

從揭開本書序幕的〈再會了，布蘭珈！〉到〈兩分鐘啓示錄〉，作爲告別，這些故事藉由敘事者的聲音、歷史紀事或各種細節編織而成，在我們眼前描繪出一個新穎豐富的世界，它不只是個虛構的世界，也是個氤氳瀰漫的宇宙。

至於文學體裁方面，《氤氳之城》也展現了薩豐建構個人獨特文學的超凡技巧，我們能在其中辨識出成長小說、歷史小說、哥德小說、恐怖小說、浪漫小說等元素，更不乏他巧妙安排的故事中的故事。

至此，我就不再煩擾大家了，親愛的讀者。當一位作者的名字變成了形容詞的時候，或許已無需贅言解釋世人對其作品的評價和認同：塞萬提斯式的、狄更斯式的、波赫士式的……

歡迎大家一起閱讀這本薩豐式的新書——可惜已是最後一本。

艾米爾．德．羅希．卡斯特蘭主編

目次

再會了，布蘭咖

——大衛・馬汀回憶從未發生過的往事

1.

我一直很忌妒某些人具備遺忘的能力，他們能輕易忘記往事，彷彿那只是季節變化，或是被塞在鞋櫃角落再也派不上用場的舊鞋。我的悲哀就在於記得一切，更糟的是，我同時還記起了我自己。我記得寒冷和孤獨交織的童年初期，天天望著死灰般的天空發呆的日子，還有父親宛若陰暗黑鏡的眼神。我幾乎沒有關於朋友的任何記憶。但我倒還記得港口區那些曾經和我在街上玩耍或打架的小孩兒們長什麼樣子，不過，其中沒有任何一個是我想從冷漠國度中解救出來的人。只有布蘭珈是個例外。

布蘭珈比我年長好幾歲。四月的某一天，我湊巧認識了她，就在我家大門口對面，當時，她由女僕牽著手，剛從施工中的音樂廳對面那家老書店取回幾本書。在命運安排之下，那家書店直到正午才開門，而女僕十一點半即來到此地，而在這半個鐘頭的等待空檔之間，無庸置疑，我的生命將留下恆久印記。若是依循我的本性，我無論如何也不敢貿然跟她搭話。她的服裝，她的氣味，以及她那高貴如絲綢薄紗似的富家女孩特有的貴族氣質，顯然不屬於我的世界，我當然也不是她的同路人。我們在街上相隔不到數公尺，卻因無形的制約相距千里。我只能盯著她看，彷彿正欣賞著收藏在櫥櫃裡的珍品，或那些看似店門大開的商店櫥窗精品，但你有自知之明，你的生命和它們永遠不會有交集。我常想，若不是因爲父親對我的個人衛生有嚴格規範，布蘭珈恐怕看都不會看我一眼。根據我父親的看法，他在戰爭期間看過太多汙垢，投胎九次還綽綽有餘，因此，就算我們比圖書館裡的老鼠更窮，但他從我年幼起就時時告誡我，務必要經常用冰冷的自來水洗手，如果水龍頭打開還有水的話……抹上那聞起來像消毒水的肥皀，用力搓洗，直到連一身悔恨都搓得一乾二淨。就這樣，今年才八歲的大衛．馬汀，一個小奴僕，整潔的窮光蛋，未來的三流作家，當那位出身豪門世家的洋娃娃將視線定格在我身上，並露出靦腆微笑時，我用盡所有心力不讓自己迴避她的目光。父親常告訴我，在生活中，別人對你出手時，必須以同樣的方式還以顏色。他指的是肢體暴力和狂妄言行，不過，我決定遵循他的教誨，禮貌性地回應女孩的微笑，外加輕輕點頭示意，作爲附贈小禮。她緩緩走近，並把我從頭到腳打量了一番，接著，她伸出手來，這是個從來沒有人對我做過的動作，然後，她開口說道：

「我是布蘭珈。」

布蘭珈像歌劇裡的富家千金那樣伸出了手，手心朝下，修長的手指彷彿巴黎上流社會的閨女。我並不知道正確的回應方式應該是傾身向前並輕吻她的手，過了半晌，布蘭珈只好把手縮回去，沒好氣地皺著眉頭。

「我是大衛。」

「你一直都這麼沒禮貌啊？」

爲了彌補我粗魯無禮的應對，我竭盡腦汁找尋最好的詞藻爲自己編織託辭，但就在這時候，女僕一臉不悅地走了過來，她睥睨我的眼神，彷彿我是街上一隻暴走的流浪犬。女僕是個面容嚴肅的年輕女性，那雙暗黑深沉的眼瞳，容不下對我的一絲好感。她抓起了布蘭珈的手臂，把她從我身邊拉走。

「您在跟誰說話啊？布蘭珈小姐……您也知道的，您的父親不喜歡您和陌生人交談。」

「他不是陌生人啊！安東妮亞。他是我的朋友大衛，我父親也認識他。」

我一聽，目瞪口呆愣住了，女僕在一旁斜著眼角打量我。

「你叫大衛，姓什麼？」

「大衛．馬汀，夫人。我隨時聽候您的指教。」

「安東妮亞不會指教任何人的，大衛，倒是她要聽候我們的指教。對不對啊，安東妮亞？」

就在那一瞬間，一個沒有任何人察覺的神情浮現了，只有正緊盯著女孩的我除外。安東妮亞陰沉的目光瞥了布蘭珈一眼，眼神裡透露的恨意嚇得我直打寒顫，但隨即轉換成順從的微笑，一邊緩緩搖頭，刻意淡化此事。

「這些小鬼……」她咬牙切齒低聲咕噥，同時走回已經開了店門的書店。

這時候，布蘭珈作勢要在大門口台階坐下來。就算是我這樣的鄉巴佬也知道，她那件洋裝可不能和任何不夠高尚的東西有所接觸，何況地上還鋪了一層我家常見的煤屑。我趕緊脫下身上那件一補再補的外套，並把它鋪在地上，就像一張小地毯一樣。布蘭珈坐在我最稱頭的衣服上，然後嘆了口氣，直望著街上來來去去的人潮。在書店門口的安東妮亞緊盯著我們不放，但我反應如常，逕自裝傻。

「你住在這裡嗎？」布蘭珈問我。

我指了指隔壁的建築物，並點了點頭。

「妳也是嗎？」

布蘭珈看了我一眼，彷彿那是她小小年紀的一生聽過最愚蠢的問題。

「當然不是！」

「妳不喜歡這裡嗎？」

「這裡聞起來很臭，又暗，又冷，而且這裡的人都很醜，又很吵。」

我從來沒想過自己所知的世界讓人得出這樣的結論，不過，我也找不出任何有力的說詞反駁她。

「那妳爲什麼來這裡？」

「我父親在波恩市場附近有一棟房子。安東妮亞幾乎天天都帶我來找他。」

「那麼……妳住在哪裡呢？」

「薩利亞區。我和媽媽住在一起。」

薩利亞區那個地方，就算是我這種不幸的窮人也聽過，但從來沒去過就是了。我可以想像那是個處處是豪宅大院的地方，筆直的大道，氣派的高級轎車，還有茂密的樹林，在那個世界裡，住著和那個女孩一樣的人們，只是長得比她高大罷了。毫無疑問，她的世界裡芳香瀰漫，明亮宜人，清風吹拂，居民都很類似，也很安靜。

「爲什麼妳父親住在這裡，卻沒跟妳們住在一起？」

布蘭珈聳聳肩，並挪開了視線。這個話題似乎讓她很不自在，所以我就不再追問了。

「這只是暫時的。」她補充說道。「他很快就會回家了。」

「當然！」我順勢回應她，雖然並不清楚我們究竟在談些什麼，不過，對於一個生來就矮人一截的人來說，具有同理心的語氣也是屈從的表現。

「港口區其實沒那麼糟啦！妳慢慢就知道了。以後妳會習慣的。」

「我才不要習慣！我不喜歡這一區，也不喜歡我父親買的房子。我在這裡也沒有朋友。」

我先嚥了口水。

「我可以做妳的朋友，如果妳願意的話……」

「你到底是誰？」

「大衛・馬汀。」

「這個你剛才已經說過了。」

「我想……我也是一個沒有朋友的人。」

布蘭珈轉過頭來，望著我的眼神裡夾雜著好奇和保留。

「我不喜歡玩捉迷藏，也不喜歡玩球。」她說。

「我也不喜歡。」

布蘭珈燦然一笑，並再度對我伸出手來。這一次，我盡了最大的努力吻了她的手。

「你喜歡故事嗎？」她問。

「這個世界上，我最喜歡的就是故事了！」

「我知道一些只有少數人才聽過的故事喔！」她說道。「我父親特別爲我寫的呢！」

「我也會寫故事呢！嗯……其實，都是我自己編的，然後牢記在腦子裡。」

布蘭珈皺起了眉頭。

「是嗎？你說給我聽聽！」

「現在？」

布蘭珈點頭回應，一臉挑釁的神情。

「我希望你寫的不是什麼可愛小公主的故事啊！」她語帶威脅。「我最討厭的就是可愛的小公主。」

「這個嘛……故事裡會出現一個公主啦……但是，她是個邪惡的壞公主。」

她的神情頓時爽朗。

「什麼樣的壞公主？」

2.

那天早上，布蘭珈成爲我的第一位讀者，以及第一位聽眾。我拿出看家本領向她敘述我那個公主與巫師的故事，在那個神祕世界裡，具有魔法和生命的大莊園，宛如地獄殭屍似的在陰暗荒野中匍匐前進。故事進入尾聲時，當女主人翁手拿著一朵被詛咒的玫瑰沉入冰冷的黑色湖水裡，布蘭珈在我生命之中已占有一席之地，她淚眼矇矓，喃喃低語，情緒激動的模樣，絲毫不像出身名門的富家千金，看來，她覺得我的故事很動人。我願意爲她奉獻生命，因爲那一刻將永遠不會消失。當安東妮亞的陰影正逐漸延伸到我們腳邊時，再度把我拉回平淡的現實。

「我們該走了，布蘭珈小姐，您的父親不喜歡我們太晚回去吃午飯。」

女僕把她從我身邊拉走，然後帶著她沿街往下走，但我在原地目送她，直到她的身影消失，並看著她向我揮手。我撿起外套，並立刻把它穿上，感受著布蘭珈留在我身上的溫暖和氣味。我喜不自勝，雖然可能只有幾秒鐘的光景，但我初次領悟，我的人生是幸福的，現在，我已經嘗到了這樣毒品，而我的生命自此不復以往。

那天晚上的晚餐時刻，我們正吃著麵包和熱湯，父親卻一臉嚴肅看著我。

「我看你好像不太一樣。發生什麼事了嗎？」

「沒事啊！父親。」

我早早就寢，免得被父親的火爆脾氣牽連。黑暗中，我躺在床上，腦子裡想著布蘭珈，還有我打算爲她創作的故事，這時候才發覺，我竟然不知道她住哪裡，也不知道何時能夠再見到她。

接下來的幾天，我四處尋找布蘭珈的蹤影。吃過早餐之後，趁著父親睡回籠覺或把自己鎖在臥室裡逃避人生時，我趕緊出門，然後往港口方向前進，尋遍波恩大道附近狹窄陰暗的街巷，懷著一絲希望能遇見布蘭珈和她那個邪惡女僕。幾天下來，我已經能熟背這座街巷迷宮裡的每個轉角和陰影，這裡的一座座屋舍外牆彷彿緊緊黏成一片，構築了幽暗的隧道網絡。中古時代的街巷生活網絡以海上聖母教堂爲中心，由此向外擴展出小巷、拱門和眾多難以駕馭的拐角，一整天下來，日光能竄入的時間頂多只有幾分鐘而已。滴水嘴獸和淺浮雕，呈顯了破敗的古老宅邸和高聳樓房之間的相異處，這些摩登建築，有如在窗櫺和高塔的縱谷間層層疊高的大石塊。到了黃昏時刻，當我筋疲力盡回到家裡時，父親才剛睡醒。

到了第六天，我開始相信再次相遇終將只是一場幻夢，於是，我沿著米拉耶斯街走向海上聖母教堂後門。一片濃霧覆蓋在城市上空，彷彿一片白紗似的曳行街巷間。教堂門廊大門敞開。就在那裡，我在教堂入口處瞥見一名女子和一個白衣女孩的身影，須臾之間，濃霧再次壟罩了她們。我趕緊跑過去，隨即進入教堂內。陣陣冷風將濃霧拖曳到室內，在燭光映照下，一片薄霧懸浮在教堂大廳一排排座椅上方。我認出了女僕安東妮亞的身影，她跪在其中一間告解室前，神情中盡是悔恨和哀求。這個奸險壞女人的懺悔必須在如此沉重的氣氛下進行，我倒是一點都不訝異。布蘭珈坐在其中一排長椅上等著，雙腳懸空晃動，茫然的眼神緊盯著祭壇。我走近長椅另一端，接著，她轉過頭來。她一見到我便露出燦爛笑容，讓我頓時忘記了多日來苦苦找尋她的悲慘勞累。我在她身旁坐了下來。

「你來這裡做什麼？」她問道。

「我來望彌撒。」我隨口應道。

「現在又不是彌撒時間！」她噗哧笑了。

我不想再對她說謊，於是低下頭來。我已經不需要再對她多說什麼。

「我也很想念你。」她說。「我一直在想，你大概已經忘記我了吧！」

我拼命搖頭。在薄霧和低語的氛圍催化之下，我鼓起了勇氣，決定對她說出我寫的其中一篇魔法和英雄故事裡的一句告白。

「我永遠都不可能忘了妳！」我說。

這句話或許聽起來空洞且荒謬，尤其是出自一個八歲男孩之口，他大概不知所云，卻眞的有此感受。布蘭珈以罕見的憂傷眼神望著我，那是不該出現在小女孩目光裡的哀愁，接著，她使勁握著我的手。

「答應我，你永遠都不會忘記我！」

此時，女僕安東妮亞顯然已經擺脫一身罪過，並做好了再犯的打算，她一臉嫌惡地站在這排長椅入口處瞪著我們。

「布蘭珈小姐！」

布蘭珈不爲所動，依舊定定望著我。

「答應我！」

「我答應妳！」

女僕再一次帶走了我唯一的朋友。我看著她在教堂中央走道上逐漸走遠，最後消失在緊鄰波恩大道的教堂後門。然而，這一次，我的哀愁裡摻雜了些許惡意。我總覺得那個女僕是個良知薄弱的人，應該需要定期到告解室來滌淨靈魂。教堂響起了下午四點的鐘聲，於是，有個計畫開始在我腦中醞釀成形。

從那天起，我每天下午三點四十五分到海上聖母教堂報到，然後坐在靠近告解室的其中一張長椅上。才過了幾天，我便再次看見她們兩人的身影。我等到女僕在告解室前跪下，然後慢慢走近布蘭珈。

「每隔兩天，下午四點。」她低聲告訴我。

我片刻都不浪費，立刻牽起她的手，帶著她在教堂內散步。我事先爲她準備了故事，恰好以此地爲背景，在教堂內的圓柱和小聖堂之間，一場介於血腥邪魔和紳士英雄之間的最後決鬥，發生的場景就在祭壇下方的地下聖堂。那是我為布蘭珈精心創作的系列故事中的第一部，充滿冒險、驚悚和浪漫，題目是《大教堂幽靈》，在我這個滿懷虛榮心的新手作者看來，這篇故事寫得幾乎和文學大師一樣好。我及時結束了故事第一部，正好來得及趕回告解室前去和女僕碰頭，不過，這次她沒看見我，因為我躲在一根圓柱後面。接下來的幾週，布蘭珈和我每隔兩天在那裡見面。當女僕正以令人厭煩的罪狀陳述折磨神父時，我們則相互分享孩童間的故事和夢想。

第二週結束時，那位聆聽懺悔的人，一個看起來像退休拳擊手的神父，已經留意到我定時出現，且毫不遲疑地要問個水落石出。當他招手要我走近告解室時，我正想偷偷溜走。但他那副拳擊手的體格馬上就讓我臣服了。我跪在告解室前，眼看謀畫的詭計即將敗露，忍不住全身發抖。

「聖潔萬福瑪利亞……」我透過木格低聲禱告。

「你在我身上看見修女的臉了嗎？臭小子……」

「請您原諒我，神父。我也不知道該怎麼說才對。」

「學校沒教你嗎？」

「我們老師是無神論者，他說神父們都是資本的媒介。」

「那他呢？他又是誰的媒介啊？」

「他沒說。我想，他是自由自主的靈魂。」

神父不禁莞爾。

「你在哪裡學會這樣說話的呀？在學校裡學的嗎？」

「看書學的。」

「看什麼書？」

「所有我能看的書。」

「你讀過上帝寫的書嗎？」

「上帝也寫書嗎？」

「你再這樣耍小聰明的話，遲早會下地獄被燒死。」

我嚇得猛吞口水。

「我現在必須向您報告我的罪過嗎？」我低聲說著，同時苦惱不已。

「不需要。你的罪過全都寫在臉上啦！你幾乎天天在這裡打轉，到底是跟那個女僕和那個小女孩有什麼瓜葛？」

「瓜……瓜葛？」

「我可要先提醒你啊！這裡是告解室，你如果在神父面前說謊，那就跟離開天主一樣，一定會受到毀滅性的懲罰。」告解神父這樣威嚇我。

「真的嗎？」

「我如果是你的話，我不會冒這個險的。來，快說吧！」

「我要從哪裡開始說？」

「廢話少說，你直接告訴我每天下午四點在我的教堂裡做什麼。」

屈膝下跪、幽暗空間，加上蠟燭的氣味，讓我忍不住要解脫良心的束縛。我一五一十地把所有事情全招了。神父默默聽我敘述，頂多在我停頓時才乾咳幾聲。告解結束時，我猜想自己八成會被直接下放到地獄去了，沒想到卻傳出神父的笑聲。

「您不打算處罰我嗎？」

「你叫什麼名字？小鬼……」

「我叫大衛．馬汀，先生。」

「我是神父，不是先生。夠資格稱先生的是你父親，或是大人物，我不是你老爸，我只是個神父，賽巴斯提安神父。」

「請您原諒我，賽巴斯提安神父！」

「神父火大了可能也會出人命啊！但是上帝會寬恕你的。我只是個負責管理的人。現在，我們回到正題。今天，先給你口頭警告，外加禱告懺悔，我放你一馬。我相信，上帝以祂無窮的智慧選擇了一條不尋常的道路讓你接近教堂，所以，我跟你打個商量。每隔兩天，你跟小姑娘見面前半個鐘頭，你先過來幫我打掃聖器室。作爲回饋，我會想辦法留住女僕至少半個小時讓你好好運用。」

「您這麼做是爲了我嗎？神父……」

「**Ego te absolvo in nomine Patris et Filii et Spiritus Sancti**（我奉父、子及聖靈之名赦免你）。現在，你快滾吧！」

3.

賽巴斯提安神父確實是個言而有信的人。我提早半個小時到教堂，然後在聖器室幫忙，這個可憐的神父瘸著腿，只靠他一個人打點這些東西實在太吃力。他喜歡聆聽我敘述的故事，根據他的說法，故事裡都是小奸小惡的人犯下的小小褻瀆，但他覺得很有趣，尤其是幽靈和魔法。在我看來，他跟我一樣，也是個非常孤獨的人，當我向他坦承布蘭珈是我唯一的朋友時，他毫不猶豫就決定幫我。我和她的相會，正是我生命的一切。

布蘭珈出現時總是端著蒼白的笑臉，並穿著一身象牙白的衣服。她總是穿著新鞋子，頸上總戴著銀飾項鍊。她聆聽我為她創作的故事，並和我聊起她的世界，她父親在附近定居的那棟寬敞卻陰暗的房子，是個讓她恐懼又嫌惡的地方。偶爾，她和我聊起她的母親艾莉茜亞，母女倆住在薩利亞區的祖傳古宅裡。有幾次，她淚眼盈眶地聊起父親，那是她最愛的人，不過，她說她父親生病了，幾乎已足不出戶。

「我父親是個作家。」她說道。「跟你一樣。但是，他已經不像以前那樣爲我寫故事了。現在，他只爲一個人寫作，有時候，那個人晚上會來我們家。我從來沒看過他，可是有一次留在那裡過夜時，我聽見他們的談話，而且談到深夜，兩人一直關在我父親的書房裡。這個人不是好人。他讓我非常害怕。」

每個相約見面的午後，和她告別之後，我回到家裡，繼續做著將她從那個空虛世界解救出來的白日夢，我要帶她遠離那個使她畏懼的夜間訪客，還有那個剝奪了她生命光采的雲端生活。每個相約的午後，我總會告訴她，我不會忘記她，因爲，記得她，就是對她的救贖。

十一月的那天，拂曉時刻，窗外映著一片碧空和薄霜，我照舊出門與她見面，但布蘭珈卻未赴約。接下來的兩週，我天天在教堂裡枯等好友，期盼她早日出現。我四處找她，當父親撞見我晚上偷偷哭泣時，我只能騙他牙痛得太厲害，雖然牙痛永遠比不上那種失落的傷痛。眼看著我每天失魂落魄地苦等，賽巴斯提安神父也開始爲我擔憂，有一天，他在我身邊坐了下來，想辦法要安慰我。

「大衛，或許你應該忘了你這個朋友了。」

「我不能忘記她！我答應過她，永遠不會忘記她的。」

自從她失去蹤影，一個月匆匆已過，我知道自己已經開始遺忘她。我已不再每兩天就往教堂跑，不再爲她創作故事，也不再想著她的身影在暗夜中睡去。我已經開始遺忘她的聲音、她的氣味，以及她臉上的光采。當我體悟到自己已經失去她時，我去找賽巴斯提安神父，請求他寬恕我，請他幫我排除腐蝕我內心的痛苦，因爲有個聲音告訴我，我已經打破承諾，再也無法想起此生唯一的好友。

那年的十二月初，是我最後一次看見布蘭珈。當時，我下樓到街上，正在大門前呆望著屋外的雨勢，卻意外瞥見了她。她在雨中獨行，白色漆皮皮鞋和象牙白的洋裝沾滿了雨水汙漬。我馬上跑過去，卻看到她正在哭泣。我問她怎麼了，她隨即抱住我。布蘭珈告訴我，她父親已病入膏肓，而且她偷偷逃家了。我告訴她什麼都別怕，我們可以一起逃走，我可以去銀行搶錢，然後買兩張火車票，遠離這座城市，永遠躲在天涯海角。布蘭珈微笑看著我，接著緊緊擁抱我。就這樣，在音樂廳工地的臨時施工架下，我倆默默相擁，直到一輛黑色大轎車在暴雨中突圍而出，來到我們前方停了下來。一個黑色的身影走下轎車。那是安東妮亞，那個邪惡女僕。她把布蘭珈從我懷中拉走後，隨即將她推入轎車內。布蘭珈高聲嘶喊，當我正打算去抓住她時，女僕突然轉過身來，狠狠甩了我一個耳光。我往後仰倒在鋪石道路上，嚇得不知所措。當我起身時，轎車已經揚長而去。

我冒雨追著轎車跑，直到萊耶塔納大道口的施工處。這條建造中的新大道是一條洪水奔流的長長深溝，猛烈的炸藥和挖土機摧殘了港口區的街巷叢林和屋舍。轎車駛過窪坑和水塘，逐漸拉大了距離。我努力一路緊盯著轎車，爲了不把它跟丟了，我走上雨水漫淹的深溝旁堆高成壘的鵝卵石並踩進泥濘中。霎時，我覺得腳下的土石鬆脫了，隨即跌倒在地。我滑入深溝，猛地跌入溝底的水池。我費了好大的勁才站起來，抖了抖泡過水的頭髮，而積水竟深及腰部。這時候，我才驚覺，這是一灘汙水，水上浮滿了黑蜘蛛，並在水面上焦躁游動。這群昆蟲朝著我撲過來，蓋滿了我的雙手和雙臂。我驚愕地大喊大叫，拚命揮舞雙臂，慌亂地攀爬著深溝的泥牆。當我好不容易爬出積水的深溝時，一切爲時已晚。轎車已經駛往城市的遠方，它的形影早已消失在雨幕裡。全身濕透的我，只好拖著腳步回到家裡，而父親仍關在房裡睡覺。我脫掉了濕衣服，帶著一身冰冷和憤怒，顫抖著身子躲進被窩。我驚見自己雙手和雙臂皮膚上滿布滲血的紅斑點。那是咬噬的傷口。深溝裡的蜘蛛們一刻都沒浪費。我感覺毒液正在血流中焚燒，接著便失去了意識，就這樣跌落了半夢半醒的黑暗深淵裡。

我夢見自己奔跑在杳無人煙的港口區街上，在狂風暴雨中找尋布蘭珈的蹤影。黑色雨幕橫掃屋舍外牆，閃電強光映出遠方的浮影。一輛黑色大轎車在濃霧中緩緩拖行。布蘭珈坐在車內，不斷捶打著車窗，並瘋狂叫喊著。我隨著她的呼喊一路追逐，直到一條又窄又暗的小巷，在那裡，我瞥見轎車停放在一幢陰暗的大宅院前，宅邸間凸出一座高塔直入天際。布蘭珈走下轎車，然後望著我，她向我伸長了手，面露哀求的神情。我也想奔向她，只是，我的腳步僅能移動數公尺。就在這時候，一個巨大的黑色身影出現在宅邸大門前，一個端著大理石面容的巨大天使注視著我，臉上帶著惡狼般的笑容，它振起黑色雙翅撲向布蘭珈，隨即將她裹在懷裡。我驚慌叫喊，但整座城市卻陷入一片寂靜中。雨中的那個永恆的瞬間，虛茫的空中懸浮著數以百萬的水晶淚珠，我看見天使親吻了她的額頭，它的雙唇烙印在她的肌膚上，宛若熾紅的熱鐵。當雨水落地時，他倆從此永遠消失。

無名

巴塞隆納，一九〇五年

多年後，人們告訴我，他們最後一次看見她時，她正在通往東方墓園的幽暗大道上。暮色籠罩，一陣冰冷北風在城市上空拖曳著一片血紅雲霞。她獨行在路上，冷得直發抖，午後開始積雪的路面上，留下了她繁星似的細碎步伐。來到墓園入口時，爲了喘口氣，女孩不得不駐足片刻。高牆後方，隱約可見天使和十字架錯落的叢林。迎面而來的一陣混和了殘花、石灰和硫磺的氣味，正招手邀她入內。她正打算邁步往前走時，腹部開始一陣劇痛，彷彿火紅的熱鐵壓境。她雙手抱腹，用力深呼吸，盡量忍住噁心想吐的慾望。在那個無窮無盡的瞬間，她的世界裡只存在著無法繼續行走的痛苦和恐懼，她怕自己就這樣倒在墓園大門口，或許直到清晨才會被人發現，在那有如一排長茅編織而成的柵欄門前，她那具冰霜包覆的軀體，她肚子裡懷著的孩子，就在一座石棺上被強行掠奪。

本來，她可以輕易就在這裡向生命俯首稱臣，就這樣躺在雪地上，永遠閉上雙眼。但是，她卻感受到腹中小生命的氣息，那個不願輕易停止的氣息，讓她擁有活下去的力量，她知道，她不能就這樣向疼痛和酷寒低頭。她使出早已用盡的氣力，重新站了起來。劇痛扭絞著她的腹部，但她置之不理，逕自加快腳步。直到進入了墓碑和發霉雕像林立的迷宮內，她才停下腳步。就在此時，她仰頭一望，突然興起一線希望，因爲她在昏暗的暮光中瞥見了通往「舊書廠」的鐵門。

過了那裡之後，新村朝著布滿煙灰和陰影的地平線逐漸擴展。這座工廠密集的城市，數以百計的煙囪以黑色氣息劃破緋紅天際，爲迷人的巴塞隆納勾勒出另一種陰暗的形象。女孩走在廠房和倉庫林立的錯綜巷道間，途中，她認出了本區幾座大型建築物，包括「薩拉德里加斯之家」❶和「水之塔」❷。舊書廠也是其中之一。它奇特的外觀出現了高塔和懸空的橋梁，不禁讓人聯想，這可能是某位魔鬼建築師嘲弄透視法則的作品。由飛扶壁和圓柱撐起的數十座拱頂和廠房叢林間，圓頂、尖塔和煙囪馳騁其中。雕塑和淺浮雕在牆壁上蜿蜒纏繞，鑲滿了大窗的圓頂上，滑落了一串串閃著奇幻光芒的水珠。

女孩觀望著簷口的滴水嘴獸，以及一團膿瘡似的蒸氣，散發著墨水和紙張的酸味。她感受到腹部又開始產生劇痛，於是加緊腳步走到大門前，隨即拉了門鈴。鐵門後傳來微弱的鈴聲回音。女孩回頭張望，發現才不過一會兒工夫，她踩過的足跡已被新雪覆蓋。一陣刺骨寒風刮過，逼得她只能緊貼著鐵門。她再度用力拉了門鈴，然後又拉了一次又一次，卻始終得不到回應。周遭的微光已逐漸褪去，陰影在她腳下快速擴散。她自知時間已經不多，於是從大門口前移動了幾步，並從外牆上的大窗朝屋內張望。其中一口燻黑的窗內隱約可見有個身影，一動不動，宛如一隻盤據蛛網正中央的蜘蛛。女孩無法看清此人面容，頂多只能辨識出那是個女性身軀，但她知道，對方正在觀察她。她用力揮舞雙臂，並大聲求救。那個身影依舊如如不動，直到屋內幽微的光線霎時消失。大窗變成一大片黑幕，但女孩仍能感受到那雙定定不動的眼睛，在暮光中閃閃發亮，仍在黑暗裡緊

❶ **Can Saladrigas**，巴塞隆納著名工業建築，一八五八年建成啓用，名列加泰隆尼亞建築遺產名錄，目前建築內設有「新村圖書館」等文化機構。

❷ **Torre de las Aguas**，巴塞隆納著名建物之一，建於一八八〇年，最初作為城市供水之用，現為瞭望塔，共有三〇三個階梯。

盯著她。恐懼首度讓她忘卻了寒冷和疼痛。她第三度出手用力拉扯門鈴，當她體悟這次依舊無法得到回應時，便開始捶打鐵門，同時高聲大吼。她用力捶門，直到雙手皮破血流，她嘶喊求救，直到聲音沙啞，而雙腳再也無法支撐她的軀體。她倒臥在冰冷的水窪裡，雙眼緊閉，聆聽著肚子裡小生命的心跳。未幾，飛雪開始覆蓋她的臉龐和身軀。

夜色彷彿一片漫淹的墨水，這時候，大門漸漸敞開，一道亮光投射在她的身上。兩個提著煤氣燈的身影在她身旁跪了下來。其中一名男子，體格魁梧，滿臉痘瘡，他伸手撥開了女孩額頭上的髮絲。她睜開雙眼，對他面露微笑。兩名男子交換了眼神，第二名男子，年紀較輕，身形瘦小，他指了指女孩手中那樣發亮的東西。一枚戒指。年輕男子作勢要把它搶過來，卻遭同伴制止。

兩人合力將她攙扶了起來。較年長也較強壯的那名男子把她抱起，並指使另一名男子趕緊去找幫手。年輕男子不情不願地點頭回應，隨即消失在夜色裡。女孩始終緊盯著抱著她的壯碩男子雙眼，口中喃喃低語，雙唇卻因寒冷打顫而咬字模糊。「謝謝！謝謝！」

男子微微瘸著腿，把她帶往工廠入口隔壁一個看來像車庫的地方。進去之後，女孩聽到了其他人聲，並感覺到有好幾雙手臂扶住她，然後將她攤放在火爐前的一張木桌上。漸漸地，爐火的熱氣融化了掛著她髮間和臉上的冰粒。兩個和她年紀相仿的女孩，一身女僕打扮，幫她蓋上了毛毯，然後開始搓熱她的雙臂和雙腿。飄散著藥草味的一雙手把一杯熱酒送到她的唇邊。這杯溫熱的液體在她的腹部迅速擴散，宛若藥草香膏。

女孩躺在木桌上，目光掃視了整個空間，這才明瞭，原來這是一間廚房。其中一名女僕拿了幾條布巾讓她墊在頭部下方，但女孩卻讓自己的頭往後仰。這個姿勢讓她得以倒看廚房、湯鍋、煎鍋以及無重力吊掛在空中的各種用具。就在這種情況下，她看見她走了進來。這位面容蒼白、平靜的白衣女子從門口緩緩走向她，彷彿正輕步行走在屋簷上。女僕們隨即退至一旁，而那名健壯男子則眉眼低垂，面有一絲憂懼，並急急忙忙走開了。女孩聽著腳步聲和人聲逐漸遠去，這才明白，此時僅剩她和白衣女子獨處。她看著女子傾身向前，並感受到她的氣息，溫熱而香甜。

「妳不要害怕！」白衣女子輕聲說道。

那雙灰色眼眸默默打量著女孩，而她的手背，那絕無僅有的細緻肌膚，輕撫著女孩的臉頰。女孩暗想，這名女子的外貌和舉止，儼然是個破碎的天使，從遺忘的天網墜落了凡間。她在女子的眼神中找尋庇護。女子微笑望著她，並以無比的溫柔輕撫著她的臉龐。兩人就這樣維持了半個鐘頭，幾乎全程靜默，直到中庭傳來嘈雜聲響，接著，女僕們跟著那名年輕男子進來，另外還有一位身穿厚重大衣、手提黑色皮箱的紳士。這位醫生站在她身旁，隨即幫她把脈。他以緊張不安的眼神觀望著她。他摸了摸她的腹部，然後嘆了口氣。醫生對女僕和齊聚火爐前的傭人們下達的各種指示，女孩幾乎一句也聽不懂。就在這時候，她努力發出聲音，並詢問她的孩子是否將平安出生。醫生那副神情，或可解讀爲母子雙亡，但他只是和白衣女子相視無語。

「大衛……」女孩低語。「這孩子取名大衛。」

白衣女子點點頭，並親吻了她的額頭。

「現在，妳必須要很堅強！」白衣女子對她輕聲說道，同時緊握著她的手。

直到多年後我才知道，那個當時未滿十七歲的女孩躺在寂靜無聲的世界裡，並未發出任何呻吟，她睜著雙眼，那一刻，醫生以手術刀劃開她的腹部，把一個日後只能透過陌生人的話語認識她的孩子帶到世間。我曾無數次捫心自問，她是否親眼見到了那位白衣女子抱著初生嬰兒轉身離去，當嬰兒緊貼著女子胸前的白色絲綢時，她敞開雙臂，苦苦哀求他們讓她看看自己的孩子。我經常問自己，女孩是否聽見了兒子在別人懷裡逐漸遠離的哭聲，而她被單獨留在那個空間，躺在自己的血泊裡，直到有人拿著裹屍布來包覆她那具仍顫抖不已的軀體。我不禁要問，她是否感受到其中一個女僕硬扯她的肌膚而強行奪走了她左手的戒指，當時，她的軀體被拖回暗夜裡，曾經營救她的那兩名男子，此時正將她抬上大馬車。我一次又一次問自己，當馬車停下來時，她是否氣息尚存，接著，那兩名男子將裹屍布包裹的屍體丟進排放工廠廢水的河溝，流向棚屋和茅屋密布的博加德爾海灘。

我寧可相信，在最後一刻，當發出惡臭的汙水將她沖向汪洋，當包覆她的裹屍布在急流中遺落了，而她的軀體陷入無盡的黑暗裡時，我相信，她知道自己生下的孩子將存活下來，並永遠懷念她。

我始終不知道她的名字。

那個女孩是我的母親。

巴塞隆納鄉本位人

父親第一次把她賣掉的時候，萊亞才五歲。那是個純眞且出於善意的協議，和一般人可能聯想的三餐不繼或債務纏身毫無關聯。艾都亞鐸．森堤斯是個攝影師兼肖像照專家，既無資產亦無名氣，不久前繼承了共事逾二十年的恩師兼老闆的工作室。他在那裡從學徒和見習生開始做起，後來升格爲助手，最後，他成了合格但未加薪的攝影師，並晉升爲經營上的左右手。這家工作室位於百人理事會大街上寬敞的連棟樓房一樓店面，內部有四間攝影棚，兩間沖洗室，還有一間裝滿陳舊破損設備的倉庫。艾都亞鐸承接了老闆遺留下來的大量未支付帳單，這個精於掌握鏡頭和感光片的人，對帳目卻束手無策。當老闆過世的時候，艾都亞鐸已經超過六個月未支薪。根據遺囑執行人的說法，老闆死後把這些跟裝飾品沒兩樣的慘淡事業和根本不値錢的資產讓渡給他，希望能以此報答他多年來積極刻苦的奉獻。當風光場面和帳面數字走下坡時，艾都亞鐸．森堤斯終於明白，他付出的青春和努力，換來的卻是老闆留給他的詛咒。他必須辭退所有員工，只能孤獨面對工作室的存亡問題，以及他個人的生計。一直以來，工作室大部分業務側重於社會各階層的家庭重要事件，諸如婚禮和受洗，甚至也包含葬禮和第一次領聖餐。大排場的葬禮攝影是這家工作室的拿手項目，艾都亞鐸．森堤斯爲死者打光和拍照的技術早已勝過替活人拍肖像，況且，爲死者拍照永遠不會有曝光過長而導致失焦的問題，因爲他們不會挪動身體，也不需要屏息。

正因爲他以亡者肖像攝影闖出了點名號，才讓他有機會獲得這個看來簡單且不至於太繁複的案子。瑪格麗妲．彭斯，年僅五歲的千金小姐，一對定居迪比達波大道豪宅的富商夫婦之女，家族在特爾❶河畔打造了龐大的工業王國，但在一九〇一年元旦那天，這位富家千金卻因爲原因不明的高燒而病逝。她的母親愛鄔拉麗雅女士，精神嚴重受創，家庭醫師只能讓她服用高劑量的鴉片酊以緩和病情。一家之主費德里戈．彭斯，一位對感傷沒興趣也沒時間的仕紳，早已不止一次面對子女死亡，但他從未掉淚或哀嘆。反正已經有個身體健康、性格適當的長子當接班人。失去一個女兒，固然令人悲傷，但也可想而知，以中長期的家族資產而言，倒是可以省下一大筆錢。他一心只想早早舉辦喪禮，盡快在蒙居克墓園的家族陵墓安排下葬，及早恢復原本的日常生活。但是，敏感脆弱的愛鄔拉麗雅女士，向來和伊莉莎白街上的唯靈團體「心靈之光」那群邪惡女子走得近，她可不會就這樣草草了事。爲了讓妻子不再唉聲嘆氣，費德里戈先生只好順著孩子母親的意思，在葬儀社員工開始將遺體移入綴有藍色琉璃的大理石棺木前，他同意讓已逝的千金小姐拍一套肖像照。

亡者肖像攝影師艾都亞鐸．森堤斯，依約來到迪比達波大道上彭斯家族定居的豪宅。這幢雄偉宅邸隱匿在一片茂密樹林後方，入口的金屬柵欄門位於大道和荷西馬利街交會的轉角處。那是個陰霾可憎的灰暗日子，一個令人厭惡且薄霧籠罩的寒冬，彷彿將爲貧窮的森堤斯帶來極大噩運。由於一時找不到人可以託付女兒萊亞，他只好帶著她同行。森堤斯一手牽著女兒，另一手提著裝了鏡頭和折疊暗箱的皮箱，父女倆下了藍色街車，然後朝著彭斯家族豪宅前進，滿心期待一年之始能有點現金進帳。一位僕人接待了他，隨即帶他穿越花園，來到大宅邸之後，他被帶往一個小房間等候。萊亞帶著驚奇的眼神看著眼前的一切，畢竟，她從來沒見過這樣的地方，簡直就像童話故事裡的世界，可惜童話裡還有陰險的後

❶ Ter，西班牙加泰隆尼亞自治區河流，沿岸最著名城市為吉隆納（Girona）。

母和讓人想起悲慘往事的毒鏡。天花板上吊掛著蛛網般的水晶燈，牆上塡滿了雕像和畫作，地板上則鋪著厚實的波斯地毯。森堤斯帶著垂死掙扎的沉重心情望著眼前的驚人財富，忍不住想抬高價碼。接見他的是費德里戈先生，但幾乎未曾正眼看過他，從談話的語氣聽來，似乎把他當成了家中僕從或工廠工人之一。他有一個鐘頭時間可以爲死去的千金小姐拍照。見到萊亞時，費德里戈先生面露不悅地皺起了眉頭。彭氏家族的男人奉行一項規則，女性的用處只集中在臥室、餐桌和廚房，這個黃毛小丫頭，一來未成年，二來出身差，在上述三個地方都派不上用場。森堤斯爲女兒的現身頻頻道歉，提出的說詞是因爲這項業務委託實在太緊急，讓他一時找不到人照顧她。費德里戈先生一臉不耐地嘆了口氣，並要攝影師跟著他上樓。

千金小姐已經安置在一樓的房間裡。她躺在鋪滿白色百合的床上，握著十字架的雙手交疊在胸前，額前套著花環，身上穿著輕柔的絲質洋裝。兩名僕人默默守在房門口。窗外一道煙灰色天光灑落在她的臉龐。她的膚色和外觀看起來就跟大理石沒兩樣。藍色和黑色的血管遍布在近乎透明的肌膚上。她的雙眼深陷在眼窩裡，雙唇已成青紫。房裡散發著腐敗殘花的味道。

森堤斯交代萊亞留在走道上等他，隨即著手在床前架設三腳架和攝影器材。他預計拍攝六組構圖。前兩組以其中一個長鏡頭拍攝。兩組以拍攝上半身為主，然後再拍幾張全身照。全部都從同一個角度拍攝，因爲他認爲側影或斜角拍攝的照片反而會凸顯女孩的血管網絡，以及從皮膚冒出的黑色毛髮，恐怕會讓照片看起來比實際狀況更不堪。輕微的過度曝光會緩和皮膚的蒼白，對於身體和最大景深以及輪廓細節有較溫和的柔焦光暈，可望有柔和影像的效果。當他正在準備鏡頭時，他發覺房間另一頭有些動靜。原來，他剛進門時以爲是雕像的人形，其實是個一身黑衣打扮、臉上覆蓋黑紗的女子。那是愛鄔拉麗雅女士，千金小姐的母親，她不發一語啜泣著，在房裡拖著腳步，哀傷的靈魂彷彿有千斤重。她走近女孩身旁，並輕撫了她的臉龐。

「我的小天使在跟我說話呢！」她對森堤斯說道。「您沒聽見她在說話嗎？」

森堤斯點頭回應，同時繼續他的準備工作。越早離開那裡，越好。拍攝工作的準備就緒之後，攝影師請這位母親退到鏡頭範圍外稍候片刻。她在死者額頭上親吻了一下，隨即移位到相機後方。

或許，森堤斯太專注於拍照工作，絲毫未發覺萊亞已經進入房間，並站在他身旁，定定望著躺在床上那個死去的女孩。他還來不及做出反應，彭斯夫人已經走近萊亞身邊，並屈膝跪在她面前。「妳好啊！我的小心肝。妳是我的小天使嗎？」她問道。這位豪門貴婦把森堤斯的女兒攬入懷裡，緊貼著她的胸口。森堤斯頓時感受一股冰涼竄流全身。死者母親爲萊亞唱起了搖籃曲，並輕輕搖晃著懷裡的女孩，同時對女孩說，她是小天使，而且再也不會離開她。這時候，費德里戈先生出現了，他拉開妻子懷裡的小女孩，接著，他把妻子帶離房間。愛郞拉麗雅女士哭哭啼啼，不斷哀求讓她和小天使在一起，雙臂仍朝著萊亞敞開著。父女倆落單之後，攝影師猛按快門，迅速結束工作，然後收拾所有設備。離開時，費德里戈先生在豪宅接待室等他，手上拿著裝有工作酬勞的信封。森堤斯可以感受到信封裡裝的現金是原定價格的兩倍。費德里戈先生觀望他的眼神裡混雜著渴望和蔑視。他當場提出交易：作爲這份豐厚酬勞的回報，攝影師隔天必須把女兒帶到彭氏豪宅，直到傍晚再接回家。森堤斯聞言，驚得目瞪口呆，他看了看女兒，然後望著彭斯。這位企業家再將酬勞加倍。森堤斯默默搖頭。「考慮一下吧！」彭斯送走他時拋下了這麼一句話。

攝影師整晚未曾闔眼。萊亞發現父親在工作室角落哭泣，於是拉起他的手。她告訴父親，帶她去那個豪宅，她想當那個小天使，她想和夫人一起玩。隔天上午，父女倆抵達豪宅大門口。僕人把酬金交給森堤斯，並交代他傍晚七點再來。他看著萊亞消失在豪宅內部，接著，他拖著腳步沿著大道往下走，在接近巴默思街口找到一家咖啡館，他在那裡點了一杯白蘭地，然後又點了一杯，接著又點了許多杯，直到他該去接女兒的時刻為止。

那天，萊亞一整天都和愛鄔拉麗雅女士玩耍，還玩了已逝千金小姐的洋娃娃。愛鄔拉麗雅女士讓她穿上死去女兒的衣服，並親吻她，還把她抱在懷裡，為她說故事，也和她聊起自己的兄弟姊妹和阿姨，以及曾經養過但後來逃家的一隻貓。她們一起玩捉迷藏，並且上了閣樓。她們在花園裡奔跑，還一起在中庭噴泉對面吃了點心，同時以麵包屑餵食池裡冒出水面的彩色金魚。黃昏時刻，愛鄔拉麗雅女士躺臥在床上，偶爾喝兩口加了鴉片酊的開水，萊亞則待在她身旁。就這樣，兩人在黑暗中相擁入眠，直到其中一名僕人把萊亞叫醒，然後把她帶到大門口，她那帶著羞愧紅腫雙眼的父親正在門外等著。僕人把裝了鈔票的信封交給他，並指示他隔天在同樣的時刻把女孩帶過來。

那個禮拜，萊亞天天到彭氏豪宅報到，把自己變成了那個小天使，玩著她的玩具，穿著她的衣服，聽到她的名字會做出回應，然後消失在那幢處處壟罩在死去女孩陰影下的豪宅。到了第六天，她的記憶已替換成瑪格麗妲的經歷，而她過往的存在已完全蒸發。她已經變成那個被渴望的存在，並學會盡可能融入那個已逝女孩的角色中。她學會看懂臉色和渴求，學會傾聽痛失摯愛者受創的顫抖心靈，並學會找到安撫無奈悲情的神情和輕撫。她在不知不覺中學會了變成另外一個人，變成了毫不相干的陌生人，學會了披著他人的皮肉過日子。她從未要求父親別帶她去那幢豪宅，也不曾敘述過豪宅內漫長的一日發生了什麼事。沉醉於金錢和寬慰的攝影師，試圖以基督徒行善做好事爲藉口，以此泯滅自己的良心。

「如果妳不想去的話，妳可以不去那棟大房子，聽見了嗎？」每晚從豪宅返家後，做父親的總是這樣對她說。「不過，我們這樣做是爲了他們好。」

到了第七天時，小天使蒸發了。聽說，愛鄔拉麗雅女士凌晨醒來，沒看到身邊的小女孩，便開始發了瘋似的在整個家裡到處找人，她認爲兩人正玩著捉迷藏遊戲。鴉片酊和漆黑暗夜將她引入花園，她覺得自己聽見了花園裡傳出聲響，並深信能在那裡見到那個小天使的眼神。那張浮現藍色血管和黑色雙唇的臉龐，正從水池底召喚她，邀她一起沉入水中，並要她接受那個在黑暗中牽引著她的冰冷無聲的擁抱，那聲音對她輕聲說道：「媽媽，現在我們可以永遠在一起了，妳的願望達成了。」

多年來，攝影師和女兒帶著他們欺騙和取悅的把戲跑遍全國各城鎮。十七歲的萊亞已經學會，藉由幾張證件、一張舊照片、一個被遺忘的故事或一些拒絕死去的記憶，進而融入各種人生和面容。有時候，她的技藝能讓人重溫祕密的禁忌初戀，她顫抖的肉體則在隱退多年的戀人雙手間甦醒過來，而那些人往往在生活中通常不虞匱乏，偏偏錯失了他們最想要的東西。

在女孩根據私密渴望、幾頁日記或家族合照而打造的女性化床鋪上，那些錢財充裕但生活空虛的商人們甦醒了，或許僅是短短數分鐘，但那份回憶卻能伴隨他們度過餘生。有時候，她的絕妙技藝達到完美境界，以致她的客戶完全忘了，這只是暫時魅惑感官並以愉悅毒害他們的一場幻夢。此時，客戶會以爲女孩就是她試圖扮演的那個人，他以爲自己渴想的對象已經成眞，說什麼也不願放手讓她走。他打定主意要散盡家財，拋卻一直以來的空虛生活，只希望幻夢般的餘生能在那個最搶手的女孩懷裡度過。

這種情況一再發生，而且越來越頻繁，因爲萊亞已經學會精準細讀男人的靈魂和慾望，偶爾，甚至連她父親也覺得這個遊戲似乎玩過頭了，於是，兩人趁著凌晨逃離該地，接下來的數週，父女倆將藏身在另一座城市，或他鄉的街巷裡。藏匿期間，萊亞每天躲在高級旅館的套房裡，幾乎日夜都在睡覺，讓自己耽溺在沉默和悲傷的麻木中。在此同時，她的父親則天天流連市區各賭場，不過幾天就花光了所有積蓄。從此收山的承諾再度破滅，這時候，她父親總會緊擁著她，並在她耳邊低語，再做一次就好，再找個客戶，然後收手，找個湖邊的房子住下，到時候，萊亞再也不需要滿足任何富豪或孤獨病人隱藏在內心的慾望。萊亞知道父親在說謊，他甚至不知道自己說了謊，如同普天下所有的大騙子，他們先欺騙了自己，從此再也無法辨識眞相，即使事實已如匕首般刺穿了他們的內心。她知道他說謊，卻原諒了他，因爲她愛他，也因爲她骨子裡仍希望遊戲繼續進行，她渴望很快就能找到下一個能夠賦予生命的角色，即使僅有數日或數小時，或可塡滿夜夜啃噬著她的內心空虛。當她只能裹著絲質床單在豪華飯店套房裡，苦等著被酒精和挫敗蒙蔽的父親歸來，這份空虛尤其強烈。

萊亞每個月會接待一位面容愁苦的熟齡男子，她父親稱他爲森堤斯醫師。這位醫師身體虛弱，眼鏡鏡片後方藏著絕望和沉鬱的眼神，也曾經有過風光歲月。年輕時候的森堤斯醫師意氣風發，曾在奧西亞馬赫街上開設知名診所，進出的都是有錢人家的貴婦小姐們。在天藍色天花板的診間裡，貴婦們雙腿大開躺在那兒，在這位優秀名醫面前，巴塞隆納資產階級既無祕密，也無須害羞。他的雙手接生了數以百計出身名門的嬰兒，他的細心照護和建議，挽救了許多被錯誤教育誤導的女性病患生命，以及她們的聲譽，因此，她們的肉體，尤其是最私密敏感的部位，保存了諸多祕密，甚至超過了三位一體論的奧祕。

森醫師總是心平氣和，說話的語氣和善親切，就算在他面前展示私密處，也不會讓人害羞臉紅。他為人和藹可親且個性冷靜，深諳如何贏得飽受修女和修士驚嚇的女性們對他的信任和肯定，從此，唯有在陰鬱或邪惡的要求之下，她們才會感到羞恥。他氣定神閒且面不改色地向她們解釋身體的功能，並教導她們無須對肉體感到羞恥，因為這只是上帝的一件作品。當然，一個天賦異稟又功成名就的男人，個性正直又誠實，這樣的人總是無法見容於良好社會，遲早會遇上被清算的時刻。正義者經常就毀在對他們虧欠最多的人手裡。被出賣的往往不是想毀掉我們的人，而是曾經對我們伸出援手的那些人，或許只因為我們不想承認自己對他們的恩情有所虧欠。

至於森醫師這個例子，背叛早已等候多時。多年來，這位善解人意的良醫一直為一位上流貴婦看診，她和一個幾乎不相識的男人維持著有名無實的婚姻，二十年來同床共枕不超過兩次。就算不習慣，這位貴婦多年來早已學會和內心的悲愁共處，不過，她可不打算壓抑雙腿間的慾火，在一個許多男人喜歡把妻子當聖女卻在外找娼妓的城市裡，她不費吹灰之力就能擁有眾多情人，還有那些為了排遣厭煩並提醒自己仍活著的尋芳客，即使甦醒的只有下半身也好。在別人床上的冒險和痛苦總有其風險，這位貴婦卻能在良醫面前毫不保留地全盤托出，而這位醫生也確保，她那雙慾火高漲的白皙大腿不受任何惡名昭彰的疾病疼痛之苦。多年來，這位醫師提供的各種藥水、藥膏和明智建議，讓這位貴婦得以維持情慾暢旺的狀態。

她想望的生活，如同她經常渴求的那樣，只要有機會，終將以悲慘和惡意回報醫生的善心好意。這座城市的上流社會，幾乎就像她僅存的器量一樣狹小，遲早有那麼一天，某個曾與她纏綿僅半個鐘頭的情夫一定會讓東窗事發，或因痛心，或因惡意，或因有利可圖，總之，他會在她那群心存妒忌的女性朋友銳利的目光下，揭發這位孤獨悲傷的女子背後不為人知的情慾歷險。這個「絲襪蕩婦」的故事——一個自以為很有學問的清潔隊員替她取了這個外號，從此在這個充斥誹謗和忌妒的圈子有如熱血奔騰般引發熱議。

道貌岸然的紳士們縱聲大笑，樂得鉅細靡遺描述這位絲襪蕩婦沉淪的經過，至於他們那些莊重優雅、目空一切的妻子們則竊竊私語，議論著那個墮落的娼妓，說她曾經是她們的朋友，卻做出這種令人不解的行徑，徹底腐蝕了丈夫和孩子的靈魂和生活，她們你一言我一語的，尖酸刻薄的辭彙都不是當年在教會學校裡學過的用語。這個故事如滾雪球般快速謠傳，且越傳越誇張，很快就傳到絲襪蕩婦那位嚴謹威權的丈夫耳裡。後來，據說貴婦並未受到任何責怪，但她自認讓家族蒙羞而選擇離家，放棄了原有的華服和珠寶，搬進一處冰冷的公寓，沒電沒家具，就在馬約卡街上，元月的某個大晴天，她躺在面對敞開窗戶的床上，喝下了半杯鴉片酊，直到她的心臟停止跳動，她那瞪大的雙眼迎著隆冬寒風，終究凍成了冰霜。

她被發現時一絲不掛，只遺留了一封長長的信，油墨仍未乾，信中娓娓敘述了她的經歷，並將過錯全怪在森醫師頭上，指控他以藥水和花言巧語引誘她一步步走向墮落和縱慾的人生，如今，只有在煉獄大門前向上帝祈禱才能讓她獲得救贖。

這封信以模仿版本或口述內容摘要的方式在上流社會廣為流傳，不到一個月的時間，森醫師的診所已無病人上門求診，他那陰鬱平靜的面容看來就像個人人置之不理的流浪漢。接連數月艱辛度日之後，森醫師試圖在市區其他醫院找工作，但沒有人願意雇用他，因爲那位已從「絲襪蕩婦」洗白成了純潔聖靈的已逝貴婦，她的丈夫是個有權有勢的名流，他早已下達通令，並公然威脅，任何人膽敢和森醫師扯上關係，將在這個國家毫無立足之地。

經過一段被人漠視的歲月之後，好心的森醫師從巴塞隆納的權勢雲端跌落谷底，每天在陋巷裡過著陰暗生活，周圍盡是連絲襪都穿不起的娼妓和窮困靈魂，她們接受了他的服務和熱誠，就算沒有金錢可以回報，但對他確實滿懷尊敬和感激。爲了度過最艱困的那幾年，這位好心的醫師早已賣掉奧西亞馬赫街上的診所以及位於聖賀瓦西歐❷的別墅，另在坎達街買了一間小公寓，多年後，他將在此走完人生，幸福卻疲憊，但已無遺憾。

遷入小公寓後的前幾年，森醫師經常帶著藥品和醫學專業走訪第五區的紅燈戶，就在這段期間，他遇見了願意免費出借女兒給他的攝影師。攝影師聽說這

❷ San Gervasio，位於巴塞隆納西北部郊區，為該市最大的行政區。

位醫師當年曾痛失年僅十四歲的女兒，同樣也叫萊亞，而他的妻子隨後也拋棄了他，因爲她無法忍受兩人之間的共同聯繫已經消失。認識他的人都說，這位好心的醫師從此活在萊亞去世的悲劇裡，因爲他曾竭盡所能，卻終究無法救活愛女。森醫師曾爲攝影師治好差點兒就讓他失去聽覺和理智的耳炎，因此，他想好好報答森醫師，而且他也深信，只要好好研究醫師死去女兒的照片以及他對愛女的回憶，萊亞一定能讓她重生，並將森醫師此生的最愛還給他，即使只有幾分鐘也好。醫師婉拒了這個提議，卻和攝影師建立了交情，最後也成了他女兒的醫生，從此，女孩每月向他報到，以免因職業因素而染上惡疾。

萊亞崇拜森醫師，總是渴望去見他。她認識的所有男人當中，他是唯一不會帶著慾望和遐想眼神看她的人。她和他無話不說，包括她不可能和父親聊起的話題，而且，她可以盡情在他面前傾吐內心的恐懼和不安。森醫師從不批判病患或他們選擇的謀生職業，但對於攝影師出賣女兒的青春歲月，他卻難掩不悅。有時候，他和她聊起死去的女兒，無須旁人提點，她知道自己是森醫師傾訴祕密和回憶的唯一對象。她私下渴望能取代另一個萊亞的位置，成爲那位悲傷善良男子的女兒，她想離開攝影師，因爲貪婪和謊言已經把他變成了一個只是穿著她父親衣物的陌生人。生活對他的所有否定，死亡會全數回報給他。

剛滿十七歲不久，萊亞發現自己懷孕了。爲了支付攝影師的債務，她每週三次接待的所有客人都有可能是孩子的父親。起初，萊亞對父親隱瞞懷孕一事，孕期前幾個月，她編造了千百個藉口，想盡辦法避免去見森醫師。緊身馬甲加上客戶期待在她身上看到的高超技巧幫她瞞過了所有人。到了懷孕第四個月，她的其中一位客人，一位醫師，也是森醫師當年的競爭對手，如今承接了他的大部分病患，他在性愛遊戲的過程中將萊亞手腳上銬，卻發現事態有異，於是以婦科醫師的雙手侵入檢查，並享受著讓他興奮的病人哀號。他丟下全身赤裸鮮血淌流的她，癱在床上，四肢上銬，而她父親數小時後才找到她。

得知事實之後，攝影師驚慌失措，急忙帶著女兒到亞維儂街，找上一個在地下室替有錢人打掉私生子的老女人。屋裡擺滿了蠟燭和裝著惡臭汙水的桶子，還有一張骯髒且沾了血跡的老舊床鋪，萊亞告訴那個老巫婆，她很害怕，而且不想傷害肚子裡那個無辜的小生命。攝影師點頭允許之後，老巫婆讓她喝下一杯濃稠的淡綠色液體，接著，她的意識逐漸模糊，並失去了意志力。她能感受到父親緊抓著她的手腕，而老巫婆則使勁掰開她的大腿。她感受到某種冰冷的金屬器物正劃開她的腹部，彷彿冰舌舔過。神智茫然的她，似乎聽見在她腹中扭動的小嬰兒發出了淒厲哭聲，接著，她哀求老巫婆讓孩子活下來。就在這時候，突然爆發一陣劇痛，肚皮像是挨了千刀萬剮的凌虐，體內彷彿一把烈火在焚燒，痛苦占據了她的身心，終於失去了意識。她最後記得的是陷入一灘冒著熱氣的黑血，還有，有個東西或某個人，在她雙腿間猛力拉扯。

她在那張床上醒來時，面無表情的老巫婆正在一旁看著她。她感受到自己全身虛弱。一股灼熱的隱痛在腹部和大腿蔓延，身體就像剛縫好的傷口。她焦急的眼神迎上老巫婆的目光。她問起父親。老巫婆只是默默搖頭。她又一次失去了意識，等到再睜開雙眼時，她從緊臨街邊的氣窗滲入的一道天光得知，此時已是黎明時刻。老巫婆背對著她，正在準備著聞起來像是蜂蜜加上酒精的混合物。萊亞又問起了她父親。老巫婆把那杯熱騰騰的液體遞給她，並要她喝下去，說是喝了會讓她舒服一點。她順從地喝了，接著，那杯溫熱濃稠的液體果然稍微緩解了腹部的劇痛。

「我父親到底在哪裡？」

「那個人是妳父親啊？」老巫婆一臉苦笑反問她。

攝影師以爲她死了，於是丟下她跑走了。她的心臟一度停止跳動達兩分鐘，老巫婆這樣告訴她。她父親眼看她已經死了，拔腿就跑。

「我也以爲妳已經死了。沒想到，過了幾分鐘之後，妳睜開眼睛，又開始呼吸了。妳很幸運啊！丫頭。天上一定有人很愛妳，所以妳又重生了。」

當萊亞體力恢復到足以站立時，她回到已投宿三週的哥倫布大飯店，櫃檯接待員告訴她，攝影師早在前一天就已經不知去向。他帶走了所有衣物，只留下一本萊亞的相簿。

「他有沒有什麼話要轉達給我的？」

「沒有，小姐。」

整整一個禮拜，萊亞在城裡四處尋找他。沒有任何人在他經常光顧的賭場和咖啡館見到他的蹤影，但所有人都沒忘了提醒她，如果再見到他，要他趕緊還清積欠的債務。到了第二個禮拜，她知道自己再也見不到他了，無處棲身，無依無靠，她只好去找森醫師，他一見到她，立刻察覺事情不對勁，堅持要問清事由。當這位好心的醫師檢查老巫婆在女孩腹部留下的傷口時，不禁淚流滿面。那天，森醫師重獲女兒，而萊亞，今生第一次，找到了父親。

他們一起住在醫師在坎達街上的小公寓。森醫師雖然只有微薄收入，但仍想辦法讓萊亞進入貴族女校就讀，並想像未來一年的生活將漸入佳境。醫師年紀大了，加上他爲了緩解身心痛苦而私下濫用乙醚，漸漸在他身上產生了影響。他的雙手開始不自主地抖動，視覺也逐漸喪失。老醫師的生命正在凋零，於是，萊亞決定休學照顧他。

除了視覺之外，老醫師喪失的還包括他對事物的認知能力，他深信，她就是他親生的女兒，特別從陰界回來照顧他。有時候，當萊亞把他抱在懷裡哭泣時，她也以爲兩人眞的是父女。後來，老醫師僅有的一點積蓄也見底了，萊亞別無選擇，只好重操舊業。

擺脫了父親束縛的萊亞，發現自己的才藝比以往更上一層樓。僅僅數月間，全市最搶手的幾家紅燈戶爲了爭取她出場而撕破臉。她堅持每個月只接受一個客人，並要求最高額的收費。她耗時數週研究即將接待的客人，並細心打造她在那幾個鐘頭內將扮演的幻想身分。她從未重複接待同一個客人。對於自己的眞實身分，她絕口不提。

街坊間早已謠傳老醫師和一個美貌驚人的少女同居，醫師的老妻得知後，心懷不甘和怨恨，竟在拋家棄夫多年後決定返家，宣稱將陪伴一個已經看不見也記不得的老人度過餘生，雖然他生命中唯一的眞實是那個以逝去愛女身分陪伴他的女孩，她爲他朗讀舊書，她將他擁入懷中，喚他爸爸，並眞心把他視爲父親。森太太得力於法官和警察的協助，把萊亞逐出家門，也幾乎驅逐了老醫師的生命。她在一個紅燈戶裡找到了棲身之處，經營者是曾經從事賣春業的西蒙·德·塞妮葉，她在那裡度過了好幾年時光，試圖忘記自己是誰，唯一能讓她感受生命力的方式是詮釋他人的生命。每到午後時光，只要能獲得森太太允許，她一定到坎達街去接老醫師出門散步。他們造訪他在記憶中曾和死去的女兒一起走過的地方和公園，而他的萊亞，他記憶中的那個萊亞，在那裡爲他朗讀書籍，或將他從未經歷但屬於他的回憶鮮明呈現。他們就這樣度過了近三年歲月，年邁的森醫師一週比一週衰弱，直到那個雨天，我尾隨她來到森醫師住處，萊亞獲知噩耗，她的父親，她此生擁有的唯一父親，已在那天夜晚離世，當時，他口中仍輕喚著她的名字。

火玫瑰

於是，到了四月二十三日那天，通道上一整排牢房裡的所有囚犯皆轉過頭來望著大衛・馬汀，此人正躺在陰暗的牢房裡，雙眼緊閉，這時候，大夥兒央求他說個故事來解悶，好讓大家能排解煩躁情緒。

「那麼，我就給你們說個故事吧……」他說道。「一個關於書籍、巨龍和玫瑰的故事，正好和今天這個日子應景，但更重要的是，這是個關於陰影和煙塵的故事，就和所有時代一樣……」

——節錄於《天空的囚徒》散佚篇章

1.

根據歷史記載，當迷宮建造者搭著一艘來自東方的船隻抵達巴塞隆納時，早已種下了烈火與鮮血將暈染城市上空的詛咒因子。那是基督紀元一四五四年，冬季一場瘟疫引發了一場死亡浩劫，焚燒爐口升起了赭紅色煙霧瀰漫城市上空，數以百計的屍體在爐子裡燃燒暢旺。即使在遠處亦可見螺旋狀的烏煙竄起，接著鑽入尖塔和宅邸間，似乎正預告著死亡信息，警告旅人切勿走近，此地不宜久留。宗教法庭已下令封城調查，並確定瘟疫源自於薩瑙哈[1]猶太區附近一處水井，經過數日嚴厲審問之後，毫無疑義，證實了閃族高利貸業者以邪惡手法毒染水域而造成了這場災害。他們的鉅額財富被沒收充公，掠奪的戰利品全被扔進泥潭裡，只希望善良百姓們的虔誠祈禱能讓巴塞隆納重獲上帝賜福。

[1] Call de Sanaüja，位於西班牙加泰隆尼亞自治區萊里達（Lérida）省城鎮。

死亡人數逐日減少，越來越多人覺得最壞的日子應該已經挺過了。然而，命運眷顧的只有死去的人，活著的人很快就會羨慕那些早已撒手拋下這座悲慘幽谷的亡者。某個幽微的聲音竟膽敢暗示上天將施以懲戒，以此滌淨藉上帝之名整肅猶太商人的惡行，只是，這個警示爲時已晚。除了灰燼和塵埃，上天並未拋下任何懲罰。這一次，厄運渡海而來。

2.

船隻在拂曉時刻靠了岸。好幾個在海堤邊修補漁網的漁民看著它浮現在海潮拖曳的晨霧中。接著，船頭在岸上擱淺，船身斜靠在港口，這時候，漁民們紛紛上船探個究竟。船艙充斥著一股濃烈惡臭。貨艙淹了水，十幾具石棺陷在土石堆裡。他們發現了艾德蒙・德・魯納，那個迷宮建造者，也是船上唯一的生還者，他被綑綁在輪子上，身上已被烈日灼傷。

起初，他們以爲他已經死亡，但仔細檢視時，卻發現他被綑縛的手腕仍淌著鮮血，雙唇間呼出了一絲冰冷的氣息。他的腰際繫著一本皮革筆記本，但沒有任何一個漁民能碰它，因爲那時候已經有一群士兵抵達現場，帶頭的將軍受命主教宮，他接獲警報，一艘不明船隻抵達港口，抵達現場後，他下令將垂死傷患移往附近的聖馬爾塔醫院，並要求手下看守擱淺船隻，直到宗教法庭官員前來檢查船隻，並以基督教規格查明事件眞相。艾德蒙・德・魯納的皮革筆記本已上呈宗教法庭的大審判官赫黑・德・利昂，這位表現亮眼且野心勃勃的教會擁護者深信，他為淨化世間所做的一切努力，將在不久後為他博得蒙福、聖潔以及綻放信仰光明的境界。

大致檢視之後，大審判官赫黑認定這本筆記的內容以非基督教語言寫成，隨即吩咐手下去找一位名叫賴蒙鐸・德・森貝雷的印刷商，此人在聖塔安娜教堂大門旁開了一家小工坊，他曾在年輕的時候遊歷四方，比一般基督徒熟悉更多語言。在嚴厲的威脅之下，印刷商森貝雷被迫發誓，務必保守他得知的所有祕密。接著，在大教堂隔壁的執事官邸圖書館頂樓，在一群哨兵監看之下，他終於獲准查看筆記本內容。一旁的大審判官赫黑投以專注且貪婪的目光。

「聖潔的大人，我……我想，這些內容是以波斯文寫成的。」森貝雷戒慎恐懼地喃喃說道。

「我還不是聖人呢！」大審判官沒好氣地回他。「但是也八九不離十了……您繼續往下說！」

於是，接下來的整個晚上，森貝雷為這位受人敬重的審判官閱讀並翻譯了艾德蒙·德·魯納的私密日記，這位冒險家隨身攜帶的詛咒，將爲巴塞隆納引來駭人的邪魔猛獸。

3.

時間回到三十年前，艾德蒙．德．魯納從巴塞隆納出發前往東方，一心一意要追尋奇蹟和歷險。橫越地中海的航程中，他來到地圖上未曾出現的禁忌島嶼，曾與異國公主們同床共枕，成了難以言喻的天生尤物入幕之賓，他理解了被歲月淹沒的文明奧祕，並開始研究建造迷宮的知識和藝術，憑著這項天賦，他嘗到成名的滋味，並得以爲蘇丹和國王服務，也因此賺得財富。歷經多年後，對他而言，追求享樂和財富幾乎已毫無意義。他已經滿足了自己遠超過一般人夢想的貪婪和野心，況且，年歲漸長，他知道自己的人生已日薄西山，於是，他告訴自己，除非能換取大量酬勞或禁忌知識，否則他將從此不再提供服務。

這麼多年來，他一再婉拒建造多座宏偉複雜迷宮的邀約，因爲他們提供的酬勞都不是他想要的。他以爲，世上再也沒有什麼值得他期待的寶物了，直到消息傳來，聽說君士坦丁堡的國王需要他的服務，作爲回報，國王願意提供一個數世紀以來凡人不知的千年祕密。對於這個重燃靈魂火焰的最後機會，艾德蒙既感不耐，卻也躍躍欲試，於是他前往王宮晉見了君士坦丁大帝。君士坦丁堅信，鄂圖曼王國的蘇丹們遲早會入侵他的王國，而君士坦丁堡累積千年的知識恐怕將在地球上消失。緣於此故，他希望艾德蒙設計一座有史以來最大的迷宮，一座祕密圖書館，一座隱匿在阿亞索菲亞❷地下墓穴的書籍之城，所有禁書和數世紀來的思想奇蹟得以永久保存於此。至於工作酬勞，君士坦丁大帝並未送他任何珠寶財富。那只是一個小瓶子，一個小小的雕花玻璃瓶，瓶內的腥紅色液體在暗夜中閃閃發亮。君士坦丁大帝把小玻璃瓶遞給他時，臉上帶著詭異的微笑。

「我等待了許多年，終於遇見了一個值得接受這份禮物的人。」皇帝說道。「若是落入壞人之手，它恐怕會變成邪惡的工具。」

❷ Hagia Sophia，舊稱聖索菲亞大教堂，具有一千五百年歷史，位於現今土耳其伊斯坦堡，以巨大的圓頂聞名於世，堪稱拜占庭式建築典範。二〇二〇年起，改為清真寺。

艾德蒙既著迷又好奇地打量著小瓶子。

「這是末代巨龍的一滴鮮血。」皇帝低聲說道。「也是永生不朽的祕密。」

4.

長達數月期間，艾德蒙全心投入這座巨大書籍迷宮的設計圖。他一再重新設計，始終對成果不盡滿意。這時候，他總算了悟，酬勞已非他在意之事，因爲他的不朽在於那座奇妙圖書館的創作成果，而非傳說中的魔法藥水。君士坦丁大帝雖有足夠耐性，卻不免憂心忡忡，不時提醒他，鄂圖曼人的終極圍城之戰恐迫在眉睫，不能再浪費時間了。最後，當艾德蒙終於找到解決難題的方法，卻是爲時已晚。穆罕默德二世的軍隊已經逼近君士坦丁堡。城市與王國的末日已是燃眉之急。君士坦丁大帝接下了艾德蒙精采絕妙的設計圖，卻也清楚得很，他恐怕已無法在這座以他爲名的城市地層下方建造迷宮。於是，他要求艾德蒙想辦法和其他人一起離開此地，有些藝術家和思想家正打算逃往義大利。

「我知道，您一定有辦法找到一個理想地點可以建造這座迷宮的，我的好哥兒們！」

爲了表達致謝之意，君士坦丁大帝把裝了末代巨龍鮮血的小瓶子交給他，但皇帝臉上似有不安的陰鬱神情。

「朋友，我把這份禮物送給您，其實是以心智的貪婪誘惑了您。我希望您同時也收下這份簡樸的護身符，或許有那麼一天，當野心的代價太高時，它將會激發您的心靈智慧……」

接著，皇帝取下配戴頸間的勳章項鍊，隨即遞給他。勳章的綴飾上既無黃金，亦無寶石，只鑲了一顆小石頭，看起來像是簡單的小沙粒。

「送我這樣東西的人告訴我，這是基督的淚滴。」艾德蒙聞言，眉頭緊蹙。「我知道您不是虔誠教徒，艾德蒙，但是，信仰往往就在不刻意尋求的情況下找到的，有那麼一天，渴望心靈淨化的是您的內心，不是腦袋。」

艾德蒙不想反駁君士坦丁大帝，只好隨手把勳章項鍊掛在脖子上。他隨身帶著迷宮設計圖和那個小瓶子，當天晚上即逃離當地。君士坦丁堡及整個王國歷經一場血腥戰鬥，不久後即告滅亡，而在此同時，艾德蒙航行在地中海上，正找尋著他年輕時候拋棄的那座城市。

他和一群僱傭軍人一起航行，這些人以爲他是個富商，因此接受他同行，並在航行遠洋期間打開了他的行李。當他們發現此人根本沒有任何值錢的東西時，激憤地要把他趕下船，但他費盡口舌說服他們讓他繼續留在船上，並允諾爲他們敘述《一千零一夜》式的冒險經歷。他運用的訣竅是每次盡說些甜言蜜語，這是大馬士革一位睿智的說書人教他的。「他們會因此而痛恨你，但又更加渴望你。」

他開始利用閒暇在筆記本上寫下自己的經歷。爲了阻擋那些海盜們偷窺，他決定以波斯文書寫，那是他在古老的巴比倫停留期間學會的神奇語言。航行途中，他們遇見一艘漂流船隻，船上沒有旅客，亦無船員。那艘船載有許多大型酒罈，於是，海盜們把那些酒罈都搬了過來，一群人樂得夜夜把酒言歡，他們不准艾德蒙喝酒，因爲他得在一旁說故事。數日後，那群人開始生病了，沒多久，軍人一個接一個病歿，全都是因爲喝了他們偷來的那些遭人下毒的酒。

艾德蒙成了船上唯一的倖存者，他把遺體全部安放在海盜們放置在貨艙裡的石棺內，那些石棺是他們某一次搶劫得來的戰利品。當他成了船上唯一的生還者，且害怕自己在身陷恐怖又迷航汪洋時，他鼓足了勇氣，打開了那個腥紅色小瓶子，並快速嗅聞了一秒鐘。霎時，他瞥見亟欲吞噬他的一道深淵。他感受到從瓶口冉冉冒出的蒸氣浮貼在他皮膚上，接著，他看著自己的雙手瞬間布滿鱗片，而他的指甲變成了比最駭人的鋼鐵更鋒利、更致命的尖爪。於是，他抓起了掛在頸間那個簡樸的沙粒，並懇求他始終不相信有救贖能力的基督。漆黑的靈魂深淵消失了，艾德蒙看著自己的雙手恢復成正常的樣子，總算鬆了一口氣。他把小瓶子重新關緊，並狠狠責備了自己的無知。這時候，他知道君士坦丁大帝並未矇騙他，只是，這樣的東西既非酬勞，也不是祝福。那是地獄之鑰。

5.

森貝雷完成了筆記本內容的翻譯，此時，雲層中已竄出了第一道曙光。片刻之後，大審判官不發一語，逕自離開了大廳，接著，兩名哨兵走進來，把他押入地牢裡，他心裡有底，這輩子大概再也出不去了。

當森貝雷被關在地牢裡一籌莫展時，大審判官赫黑．德．利昂的手下們急忙登船搜查，就在那裡，他們在一個金屬箱子裡找到了腥紅色瓶子。赫黑正在大教堂裡等著他們。那批手下並未找到艾德蒙文章裡提及的裝著基督淚滴的動章項鍊，不過，大審判官倒毫無顧忌，因爲他自認靈魂已無需任何淨化。於是，滿眼貪婪的大審判官拿起了腥紅色小瓶，並將它朝著祭壇高舉祈福，感謝上帝和地獄賜予這份禮物，接著，他一口喝下了瓶子裡的液體。接下來的數秒間，一切如常。隨後，大審判官開始大笑。哨兵們面面相覷，個個茫然無從，他們懷疑赫黑已經失去理智，況且沒人想過自己此生竟會見到如此場面。哨兵們眼看著大審判官跪倒在地，接著，一陣寒風橫掃大教堂，颳走了木椅，也吹倒了雕像以及燃燒中的巨型蠟燭。

然後，他們聽見他的皮膚和軀體崩裂的聲響，在痛苦的嚎叫中，大審判官赫黑的聲音已淹沒在猛獸的咆哮裡，那個從他的軀體竄出的猛獸，正逐漸壯大成一團裹著血腥的鱗片、爪牙和雙翅。一條分岔的長尾巴，宛如鋒利的斧頭刀鋒，正從巨蟒的身軀延伸出來，當這頭猛獸回過頭來朝著哨兵們齜牙裂嘴，並瞪著火紅的雙眼，他們甚至連逃跑的勇氣都沒有。火焰把他們嚇得愣在原地，然後像秋風掃落葉似的將他們的軀體颳得皮肉分離。接著，猛獸振起雙翅，而大審判官，此時已是聖人赫黑和巨龍同體，一個振翅飛起，夾帶著玻璃碎片和怒火風暴穿過了大教堂的巨型玫瑰窗，隨即在巴塞隆納屋宇上空恣意翱翔。

6.

連續七天七夜間，這頭猛獸肆意威嚇，摧毀殿堂與皇宮，引火燃燒了數百戶建築物，許多在屋頂上發抖求饒的身影，都被牠用銳利的爪牙掐碎了頭部。這隻火紅色巨龍一日比一日更壯大，凡被牠遇見的人全給吞進肚子裡。被撕裂的屍體如暴雨般從天而降，牠吐出的火焰如鮮血洪流般在街道間竄流著。

到了第七天，當城裡所有人都以爲這頭猛獸將毀滅整座城市，並殲滅所有居民，有個孤獨的身影卻挺身而出。那是體力尚未恢復的艾德蒙·德·魯納，他瘸著腿，慢慢走上通往大教堂屋頂的階梯。他在那裡等著巨龍來找他。就在漆黑雲層和餘燼間，那頭猛獸凌空掠過巴塞隆納城屋舍。火龍的軀體持續茁壯，規模早已超越了他初次現身的大教堂。

在那雙有如兩灘血泊的雙眼中，艾德蒙看見了自己的倒影。那頭猛獸張大了嘴，作勢要吞了他，像一枚砲彈似的飛竄城市上空，一路摧毀了經過的所有屋頂和尖塔。艾德蒙拿出掛在脖子上那顆不起眼的沙粒，並緊握在手中。他憶起君士坦丁大帝的話，爲了淨化猛獸陰暗的靈魂，亦即全人類的幽暗心靈，他的死亡只算是微小的代價罷了。於是，他高舉緊握著基督淚滴的拳頭，雙眼緊閉，自願赴死。巨獸的大嘴如疾風似的呑噬了他，接著，火龍一躍而起，隨即攀上了雲端。

還記得那天狀況的人都說，當時的天空斷裂成兩半，一道巨大光芒照亮了蒼穹。巨獸被自己獠牙間噴出的火焰團團包圍，振動的翅膀射出一朵巨大的火玫瑰，瞬間籠罩了整座城市。這時候，大地一片靜寂，當人們再度睜開雙眼時，天空已被遮蔽，彷彿漆黑深夜，陣陣閃亮的灰燼從天際緩緩落下，隨即覆蓋了所有街道、被焚廢墟、陵墓之城、教堂和宮殿，全都披上了一層白毯，一觸即散，散發著火焰與詛咒的氣味。

7.

那天晚上，森貝雷總算逃出了地牢，並且平安返家，所幸家人和書籍印刷工坊都在災難中逃過一劫。清晨時刻，這位印刷商人漫步走近海堤邊。搭載艾德蒙回到巴塞隆納的那艘擱淺船隻，仍在海潮間擺動著。海水逐漸沖蝕船身，並滲透到內部，彷彿這是一幢被拆掉牆壁的房屋。拂曉微光中，他把船艙內部徹底查看過之後，終於發現了他要找的東西。雖然硝石破壞了部分草圖，但大型書籍迷宮的設計圖仍舊保有艾德蒙筆下的原貌。他坐在沙灘上，並攤開了設計圖。這個夢想背後的龐雜和算數並非他的頭腦可以理解，但他告訴自己，一定有更傑出的心智能解開這些祕密，到時候，更睿智的超凡人士會找到拯救迷宮的方式，並提醒世人引出巨獸所付出的代價；他打算把設計圖存放在家族的保險箱裡，總有一天，他深信，一定會找到足以承擔這項挑戰的迷宮建造者。

帕爾納索斯王子

一輪灼傷的腥紅色太陽已沉入地平線，此時，人稱「製書人」的騎士安東尼·德·森貝雷登上圍城的高牆上，眼看著一群隊伍正逐漸逼近。

時值一六一六年，帶著火藥味的薄霧在充斥著石塊和煙塵的巴塞隆納屋宇間蜿蜒流竄。製書人的視線轉回這座城市，接著，他的目光迷失在塔樓、宮殿和巷弄的海市蜃樓間，它們在永遠陰暗的瘴氣中顫動著，就連城牆下的火炬和車隊都無法退散這股晦暗。

「總有一天，這些城牆將會倒下，蒼穹下的巴塞隆納將向外擴展，就像一滴墨落在聖水上。」

製書人自顧自地面露微笑，因為他想起了好友六年前離開巴塞隆納前說過的這段話。

「我帶著關於它的回憶，我是它美麗街道的囚徒，它陰暗靈魂的債務人，我向它承諾，再回來時，我會獻出我的靈魂，並讓自己投身在它最甜蜜的遺忘中。」

逐漸接近城牆的馬蹄聲把他從幻想中解救了出來。製書人再度朝著東方遠眺，他瞥見行進中的隊伍正朝著聖安東尼奧城門前進。一輛黑色靈車，玻璃車廂周圍綴以浮雕和雕像，並垂掛著天鵝絨窗簾。這輛靈車由兩位騎士護送前來。四匹駿馬依循喪葬禮儀綴以羽飾，拉著靈車前進，車輪後方揚起了一片飛塵，懸凝在琥珀般的暮色裡。馬背上坐著蒙面車夫的身影，在他身後的馬車，打點得像是船頭雕飾，上方佇立著一座銀色天使塑像。

製書人眉眼低垂，不禁喟然長嘆。這時候，他知道自己並未落單，甚至無須回頭便能確知，那位騎士就在他身旁。他已經感受到那股冰涼的空氣，以及他身上慣有的枯萎花香。

「據說，所謂的好朋友就是同時懂得回憶和遺忘的人。」騎士說道。「看來，您並沒有忘記這個約定啊！森貝雷。」

「您也沒忘記債務啊！先生。」

騎士走近他身旁，那張蒼白的臉龐與製書人相距不及巴掌寬，森貝雷甚至能看見自己就映在他那雙黑色的眼瞳裡，瞳孔變色變窄，就像惡狼見到了鮮血一樣。騎士絲毫未曾變老，身上穿的還是同樣的行頭。森貝雷不禁打了個寒顫，恨不得當下拔腿就跑，但他只能恭敬地點頭回應。

「您是怎麼找到我的？」他問道。

「油墨的味道洩露了您的蹤跡啊！森貝雷。您最近印了什麼書？有沒有可以推薦給我的好書啊？」

製書人盯著騎士捧在手上的那本書。

「對於您高貴不凡的文字品味而言，我印的書恐怕是太卑微了。況且，大家都說先生您的藏書已經多到熬夜都讀不完了。」

騎士難掩愉悅，呵呵笑了幾聲，露出了一排又尖又白的牙齒。

製書人轉頭看著那個隊伍，此時已經來到城牆入口處。他驚覺騎士正把手搭在他肩膀上，嚇得咬緊牙根，卻強忍著不敢發抖。

「您別害怕啊！我親愛的安東尼・德・森貝雷，您的靈魂光臨我經營的簡樸旅舍之前，阿維亞聶達❶恐怕得先在那裡遭遇垂死掙扎，還有，您的好友薩巴斯提安・德・柯爾梅雅斯❷幫一群人印書流傳後世，那群可憐蟲和忌妒鬼，也會比您先造訪我的旅社。所以，您對我不需要這樣提心吊膽！」

「四十六年前，您也對米格爾先生說過類似的話。」

「四十七年前！我這個人不會亂說話的。」

製書人的視線和騎士的目光短暫相接，霎時，他驚覺騎士一臉哀愁，甚至更勝於自己因他而承受的愁苦。

「我一直以爲，對您來說，那應該是勝利之日啊！柯瑞理先生。」製書人說道。

「在我必須經歷的悲慘俗世裡，美和知識是唯一能照亮周遭的光芒。他的殞落是我最大的遺憾。」

在他們腳下，喪葬隊伍已經穿越聖安東尼奧城門。騎士比了個手勢，並要印刷商帶頭先行。

「跟我來吧！森貝雷。讓我們一起歡迎我們的好友米格爾先生來到他熱愛的巴塞隆納。」

這句話讓老森貝雷頓時陷入回憶裡——

他遙想著多年前的那一天，就在離這裡不遠處，他認識了一個名喚米格爾·

德・塞萬提斯・薩維德拉的年輕人，此人的命運和回憶將與他結合，而兩人的名字亦將一同留在歲月的暗夜裡……

---

❶ Alonso Fernández de Avellaneda，撰寫《唐吉訶德》續集的作者筆名，真實身分不明。

❷ Sebastián de Cormellas，柯爾梅雅斯父子是十六及十七世紀的巴塞隆納印刷商，據信，唐吉訶德在小說第二部內容中造訪的印刷廠就是這對父子的印刷工坊。

巴塞隆納，一五六九年

那是個傳奇時代，當時，歷史最大的本領是回憶從未發生過的事件，而生命只是一場轉瞬即逝的夢幻。那時候，詩人的弟子們腰間繫鐵，馳騁終日，無所謂良心或宿命，一心只夢想著犀利如沾毒帶刃的詩句。當時的巴塞隆納是一座莊園和堡壘，坐落在群山環繞的圓形劇場上，山林間匪類橫行，劇場後方則是陽光和海盜交織的酒紅色海洋。這座劇場的門戶由竊賊和惡棍把持著，以此逼退人們對他方事物的貪婪，而搖搖欲墜的城牆內，來自各階層的商人、智者、朝臣和鄉紳，搶著在這座充斥著密謀、金錢和煉金術的迷宮中卡位，此地盛名海外皆知，也是整個世界夢想的渴望。據說，這裡曾淌流著許多國王和聖人和鮮血，文字和智慧在此找到了庇護，只要一手拿著錢幣，口中說著謊言，任何一個浪人都能在這裡坐擁榮華富貴，與死亡交手之後，接著在瞭望塔和教堂間的美好清晨醒來，從此名利雙收。

這樣的地方從未存在過，但他註定此生天天都要憶起這個名字，事情就從那個「聖若翰節」前夕❶開始，一位年輕的文人劍士鄉紳騎著一匹飢餓的馱獸前來，歷經數日的長途奔波，那個老傢伙幾乎已經站不住腳。坐在上面的是當時一窮二白的米格爾·德·塞萬提斯·薩維德拉，不知來自何方，卻已行腳八方，另外還有一位年輕女子，她那花容月貌，據說彷彿是從藝術大師的畫作裡偷來的。而且，人們後來得知，女孩芳名芙蘭綺思嘉·狄帕瑪，才剛在「永恆之城」羅馬度過了生命中的第十九個春天。

命運所做的安排是，這匹骨瘦如柴的老驢子，完成了牠的英勇長跑之後，翹嘴口吐白沫，就在與巴塞隆納城門口僅有數步之遙時，居然不支倒地，而這對戀

❶ Noche de San Juan，天主教重要節日，每年六月二十四日舉行。這一天是施洗者聖約翰的生日。多數國家的慶典活動從「聖若翰節」前一天晚上開始。

人，由於正處於祕戀狀態，只好在星光滿天的盛夏夜空下，徒步穿越沙灘，直到城牆盡頭，接著，他們看見天際升起數以千計的熊熊篝火❶，把黑夜暈染成浮動的鉛灰色，於是，兩人決定在那個看似建在名畫「火神的鍛造廠」❷上的一座黑暗宮殿裡找尋棲身的客棧。

抵達巴塞隆納之後的篇章，以類似但不是這麼華麗的詞藻提及塞萬提斯先生和他心愛的芙蘭綺思嘉的後續發展，他們拜訪了著名的製書人安東尼．德．森貝雷緊鄰聖塔安娜門的工坊和住家，居中引薦的是一位名叫桑丘．費爾明．德．托雷的年輕人，此人外表謙遜，鼻子飽滿，活潑機敏，得知兩位初來乍到的訪客所需，便自告奮勇指點兩人去兌換了幾枚錢幣。於是，這對愛侶在簡陋如木樁的破舊莊園裡覓得食宿。接著，由於桑丘穿針引線以及命運使然，製書人結識了年輕的塞萬提斯，從此建立了深厚友誼，直到生命的終點。

學者們對於塞萬提斯抵達巴塞隆納之前的狀況所知甚少。開始探討這個議題的人士提及，在此之前的塞萬提斯經歷了諸多苦難與艱辛，更多的是在對抗判決不公和監禁的戰鬥中承受的磨難，甚至後來還在爭戰中痛失一隻手，歷經這一切之後，總算在生命遲暮之年享受了短短幾年的平靜時光。遑論他此後的命運將何等錯綜複雜，根據睿智的桑丘推測，一場巨大的風暴和更大的威脅正尾隨其後。

桑丘這個人，像極了溫馨愛情故事和神聖諷喻短劇裡的人物，道德感異常強烈，他極力推測，認定這位名叫芙蘭綺思嘉且魅力非凡的年輕美女，必定是這個陰謀核心的支點和響鈴。她的冰肌玉膚散發著明亮光采，她的聲音是讓人心跳加速的輕嘆，而她的雙眸和雙唇則是愉悅的承諾。這些形容都是出自可憐的桑丘，對他而言，所謂的魅力，就是絲質蕾絲薄衫下令人血脈賁張的胴體曲線。桑丘因此斷言，這位喝下了可口毒藥的年輕詩人，極有可能已經無藥可救，畢竟，只要能在這位絕世美女的懷抱裡溫存片刻，全天下凡夫莫不心甘情願爲此出賣自己的靈魂、肉體和生命。

---

❶火是天主教慶祝聖若翰節最重要的元素，許多天主教國家都有在這一天點燃篝火的傳統。

❷La Fragua de Vulcano，西班牙文藝復興著名畫家維拉斯格斯（Diego Velázquez, 1599-1660）於一六三〇年在羅馬繪製的作品。

「塞萬提斯老弟，像我這樣的可憐鄉巴佬當然沒資格對您閣下說這些，以這樣的絕世美貌，任何一個會呼吸的男人都抵擋不住的，不過，除了我的腸胃之外，鼻子可是我最敏銳的器官啊！我這鼻子讓我認眞思考了一番，無論您是從哪兒偷來這麼一個大美人兒，他們一定不會放過您的，世上也沒有夠安全的地方可以藏起這個誘人的維納斯。」桑丘兀自斷言。

不消說，好心的桑丘模仿了這位謙遜自信的詩人，刻意以類似的措辭和詩韻大放厥詞，不過，他的判斷和智慧倒是不容質疑。

「唉！朋友，且聽我慢慢道來……」惶惶不安的塞萬提斯幽幽長嘆。

於是他開始細說從頭，畢竟他的血液裡有敘事之酒奔竄著，而上天也讓他習慣了自己先咀嚼世事，然後再佐以文學的韻律和光采向世人敘述，因爲他總覺得，生命若非一場夢，至少應該是一齣啞劇，故事中所有的殘酷荒誕，總在布幕之後流淌著，爲了在萬物的無意義中找尋眞義，天地之間，沒有比雕塑文字的美和機智更有效的反擊了。

塞萬提斯敘述了七天前爲了逃離危險風暴而抵達巴塞隆納，以及他和這位芳名芙蘭綺思嘉·狄帕瑪的天生尤物相識的緣起。應塞萬提斯要求，桑丘讓他和森貝雷取得了聯繫，看來，這位年輕詩人已經完成一部劇作，一部咒語、魔法和激情交織的作品，他希望能看見自己的作品在紙上具體成形。

「我的作品要在下次月圓前完成印刷，這一點至關重要！桑丘。此事攸關我和芙蘭綺思嘉的性命。」

「一個人的性命怎麼可能由一大篇詩句和月圓來裁決呢？大師……」

「相信我！桑丘。我知道自己在說什麼。」

相較於詩句和天文，桑丘私底下更信任美食帶來的享受，以及和身型豐滿、笑聲爽朗的年輕丫頭在麥稈堆裡相擁翻滾，即便如此，他還是相信了大師說的話，並著手安排這場會面。他們把芙蘭綺思嘉留在客棧裡，讓她好好沉醉在美麗的夢鄉裡，黃昏時刻，兩人離開了客棧。他們和森貝雷相約在漁民聚集的大教堂，亦即海上聖母教堂旁的一家小酒館，到了那裡，就在油燈映照下的角落裡，三人分享了一罈好酒，還有一大塊麵包，並配上鹹豬肉。此間的食客大多是漁民、海盜、殺人犯和極端分子。笑鬧聲、爭吵聲和濃濃的煙霧瀰漫在酒館的金色微光中。

「您趕緊跟森貝雷先生聊聊您那齣喜劇吧！」桑丘在一旁敲邊鼓。

「其實是一齣悲劇。」塞萬提斯提出更正。

「那又有什麼不一樣呢？大師，請原諒我愚不可及，我對優雅的抒情詩實在一竅不通啊！」

「喜劇教導我們，不需要把人生看得太嚴肅，而悲劇則讓我們知道，當我們忽視了喜劇教導我們的道理時，會有什麼樣的下場。」塞萬提斯做了這樣的解釋。

桑丘頻點頭，眼睛眨都不眨一下，隨即咬了一大口鹹豬肉。

「詩歌眞偉大啊！」他低聲讚嘆。

那一陣子，森貝雷的工坊業績清淡，聽著年輕詩人這一番言論，倒是頗感興趣。塞萬提斯從文件夾裡拿出一疊手稿，然後交給製書人。這位印刷書商仔細查看了一番，並快速瀏覽了作品中的一些轉折段落和詞句。

「這是好幾天的工作量呢……」

塞萬提斯從腰間掏出錢包，然後往桌上一放。錢包裡滑出了一大把錢幣。錢幣在燭光下閃閃發亮，桑丘見狀，一臉焦慮，趕緊蓋住錢幣。

「我的天啊！大師……您不能在大庭廣眾之下拿出這麼珍貴的東西啊！這裡全都是流氓和屠夫之類的，要是讓他們聞到這些金幣的味道，您和我們倆的脖子都可能被割斷的。」

「朋友，桑丘說得沒錯……」森貝雷隨即附議，並細心掃視了周遭動靜。

塞萬提斯把錢收好，又是一陣哀嘆。

森貝雷再爲他斟了一杯酒，並開始詳細閱讀詩人的手稿內容。這部作品包含了三幕悲劇和一篇書信體詩文，根據作者本人透露，書名是《地獄詩人》，敘述的是佛羅倫斯一位年輕藝術家的作品，他經由但丁的幽靈深入地獄深淵，只爲了解救他心愛女子的靈魂，這位女孩出身殘酷且腐敗的貴族之家，她被家人賣給黑暗王子，藉此交換俗世的名聲、財富和榮耀。最後一幕發生在大教堂內，就在那裡，我們的英雄必須從烈火天使的爪牙間奪走他心愛女子已無生氣的遺體。

桑丘心想，這樣的劇情聽起來就像錯縱複雜的浪漫木偶戲，不過，他沒出聲，因爲他總覺得，文人臉皮薄，根本不擅長跟人議論。

「朋友，您能不能告訴我，爲什麼會創作這部作品？」森貝雷繼續追問。

這時候，已經三、四杯美酒下肚的塞萬提斯，隨即點頭應允。顯然，他也很想解脫背負已久的祕密。

「您別怕，朋友，不管是什麼樣的事，桑丘和我一定會替您保守祕密。」

桑丘高舉酒杯，並爲如此高貴的情操乾杯。

「我的故事根本就是一場詛咒啊！」塞萬提斯做了這樣的開場白，似乎仍有疑慮。

「所有的詩人都是這樣啊！」森貝雷接腔。「您繼續說吧！」

「這是一個男人墜入情海的故事。」

「您剛剛已經說過了。但是，您別擔心，讀者就喜歡這樣的故事。」森貝雷安撫他。

桑丘頻頻點頭。

「愛情是一個人經常踢到的唯一那顆石頭。」他在一旁附和。「您等著瞧瞧那個女孩吧！森貝雷。」他邊說邊忍住打嗝。「會讓人身心振奮的那一種喔！」

塞萬提斯對他拋出了責備的眼神。

「抱歉啊！先生。」桑丘說道。「要怪就給怪這燒酒，老是搶著替我發言。這位女士的美德情操和純潔無瑕當然是無庸置疑，如果我有一絲非分之想，我祈求上帝，乾脆劈了我這腦袋算了。」

這時候，三人不約而同抬頭看著酒館的天花板，看來，造物者目前已經下班了，眼前也沒什麼棘手的倒楣事，於是，三人相視而笑，並舉杯慶祝這次愉快的聚會。美酒就是如此，總是讓人在無需輸誠時更顯真摯，應該膽怯懦弱時卻愚勇躁進，就這樣，酒精催促塞萬提斯敘述了故事中的故事，那是殺人犯和瘋子口中所謂的事實。

《地獄詩人》

俗語說得好，人生在世，雙腿尚存，勤於步行；聲音仍在，踴躍發言；若心存純眞，則勇於做夢。因爲，遲早有那麼一天，我們恐怕站不起來了，或氣息已盡，再也無心做夢，漫漫長夜僅剩無盡的遺忘。行囊中裝著這段文字，爲了尋找自己安身立命之處，卻在慌亂陰暗的處境下深陷決鬥局面，年輕氣盛的塞萬提斯在一五六九年的某一天遠離了馬德里莊園，打算前往義大利幾座傳奇城市，意圖追尋奇蹟、美學和科學，凡熟悉這些城市者皆言，放眼王國境內，這些城市比其他地方具備了更高層次的優雅。在這些城市中上演了許多冒險和不幸，而其中大部分又和一個名叫芙蘭綺思嘉的絕代佳人有所交集，她的雙唇，是天堂也是地獄，她的渴望，決定了她此生的命運。

她芳齡不及十九，卻已完全失去了對生命的期望。她是一個破落、窮困人家的么女，一家人住在千年古城羅馬台伯河畔的大宅邸，卻只能貧困度日。她那些哥哥們全是遊手好閒的流氓無賴，成天犯下數不清的偷竊罪和小案子，一家人連餬口都有問題。她的父母是兩個早衰的老人，他們對外宣稱，那年秋天老來得女，其實是裝腔作勢的大騙子，事實上，當年在聖天使城堡古橋拱門下，他們發現小嬰兒芙蘭綺思嘉在親生母親大腿間哭號，而這位無名的年輕母親早在分娩時因難產過世。

他們一度考慮要把嬰兒扔進河裡，並取走年輕母親頸間的銅牌，不過，這對無恥夫妻卻發現了小嬰兒的驚人美貌，於是決定留下她，他們深信，日後必定能靠她在宮廷富裕權貴間撈到不少財富。

生活日復一日，歲月在年月遞嬗間流逝，夫妻倆的貪婪亦與日俱增，眼看著小女孩一天天出落得更標緻，他們心目中算計的價錢也無可避免地往上提升。就在她年滿十歲那年，一位佛羅倫斯詩人路經羅馬時，偶然瞥見她正走近河邊取水，地點就在她出生並痛失親生母親的地方不遠處，詩人驚於她的絕世美貌，當場爲她創作了詩句，並爲她取名芙蘭綺思嘉，因爲收養她的家庭一直沒幫她取名字。芙蘭綺思嘉慢慢長大，花容月貌有如幽雅清香，眾人驚艷無言，歲月從此停滯。當時，她的眼神中卻只是無盡的哀愁，或多或少遮蔽了她那難以言喻的懾人美貌。

沒多久，羅馬各地的藝術家們紛紛向那對只想剝削她的養父母提出高價，就爲了想讓她擔任人體模特兒。見過她的人都確信，任何一個有天分的專業藝術家，只要能將她十分之一的美貌留在畫布或大理石上，必定能被後世傳誦爲史上最偉大的藝術家。競價請她合作的邀約未曾停歇，過去窮酸度日的一家叫化子，如今過起了吃香喝辣的豪奢生活，總是一身鮮豔服裝招搖過市，醒目的程度更勝於紅衣主教，他們以全身亮彩絲綢掩飾了令人不齒的行徑和內心的無知。

芙蘭綺思嘉成年後，父母擔心她恐怕會漸漸失去創造財富的優厚本錢，於是決定把她嫁出去。他們不但違背了當時娘家應提供嫁妝的傳統，甚至要求提親者必須提供大筆聘金，然後再把女兒嫁給出價最高的人。此時出現了前所未有的高價聘金，勝出者是當時羅馬城名聞遐邇的藝術家，安塞莫·吉歐達諾先生。吉歐達諾當時已是遲暮之年，身心皆已飽受摧殘，內心則充滿了貪婪和忌妒，儘管他的作品普受讚賞和肯定，並因此賺進大筆財富，但他心中藏著一個祕密夢想，那就是讓自己的名號和聲望超越李奧納多·達文西。

偉大的李奧納多已經逝世五十年，但安塞莫·吉歐達諾卻始終難以忘懷，也無法原諒。年少時期的那一天，他曾參加大師的工作坊，希望能成爲他的學徒。李奧納多仔細檢視了他帶來的幾張草圖，並對他勉勵有加。少年安塞莫的父親是一位德高望重的銀行家，而且，李奧納多曾經欠他一兩份人情，因此，少年非常篤定，大師工作坊學徒這個空缺非他莫屬。豈知，後續出乎意料之外，面色凝重的李奧納多卻對他說，他的畫作確實顯現了些許天分，但在一千零一個像他這樣滿懷抱負的畫家當中，他的天分還不足以讓自己出類拔萃，而這樣的人恐怕連庸才都沾不上邊。大師還對他說道，即使他有點野心，但和那些無法爲了配合眞正靈感而做出必要犧牲的人相比，他並無明顯區隔。最後，大師開導他，或許他可以靠作畫找到差事，但絕對不值得爲此奉獻一生，畢竟這是個只有天才吃苦受累的職業。

「年輕人……」李奧納多對他說道。「您不要因爲我這番話而感到難過，而是要當成祝福，以您父親的財力和地位，一定能讓您一生過著不愁吃穿的優渥生活，不需要爲了餬口而辛苦作畫。您將來會是個幸運的人，您會受到眾人的愛戴和尊敬，但是，就算您坐擁全世界所有的黃金，您也不可能是個天才。平庸的藝術家終其一生都忙著忌妒和詛咒競爭對手，世間少有比這個更悲慘的命運了。您不需要把生命浪費在這樣的噩運。藝術和美的創作，就放手讓給那些別無選擇的人吧！日後您會懂得寬恕我的眞誠，今天聽來或許會讓您難受，但到了明天，如果您能夠心甘情願接受這個事實，就能把自己從地獄中解救出來。」

大師李奧納多以這番話告別了少年安塞莫，接著，這位受挫的少年滿懷憤怒地在羅馬城街頭遊晃了數小時。當他返回父親的宅邸時，他宣稱，從此再也不和李奧納多共事，在他看來，此人只是做作的僞君子，粗俗的作品只能愚弄那些不懂得欣賞眞正藝術的無知大眾。

「我將成爲一個純正的藝術家，我只爲那些能夠理解我深厚功力的人而畫。」

他的父親，一個耐心十足的人，如同所有銀行家，他對人性知之甚詳，甚至更勝於睿智過人的紅衣主教，這時候，他上前擁抱兒子，並告訴他無須恐懼，他這一生什麼都不缺，衣食無虞，也不乏欣賞和讚譽其作品的擁護者。辭世之前，銀行家也證實了一切如其所願。

安塞莫．吉歐達諾從未寬恕李奧納多，因爲一個人最難以原諒的就是來自他人的忠言。經過五十年之後，他的仇恨以及親睹這位欺世大師名譽掃地的慾望更甚以往。

吉歐達諾從多位詩人和畫家口中聽說了少女芙蘭綺思嘉的傳奇之後，隨即派遣僕人提著一袋金幣前往拜訪，要求與她會面。造訪位在曼圖亞的王宮拜會時，少女的父母刻意精心打扮，像極了馬戲團裡的花猴子，兩人陪同一身寒酸的少女出現在吉歐達諾家中。當藝術家第一眼瞥見她時，內心撼動不已。他聽說的一切描述皆屬事實，甚至更驚人。世間從未存在過這樣的國色天香，他知道，而這是唯有藝術家才能洞悉之處，她的魅力不只是眾人以為的皮相之美和婀娜嬌軀，且是源於內在的力量和光采，並從她的內心、悲傷無奈的眼神以及被命運封緘的雙唇散發而出。

正因為芙蘭綺思嘉讓大師留下了如此特別的印象，於是，他打定主意，堅決不讓她有機會逃脫，絕不容許她為其他藝術家擔任模特兒，這個自然界的奇蹟唯他獨有，任何人都不得分享。唯有如此，他的創作才能凌駕卑劣的李奧納多之上，並贏得眾人青睞。唯有如此，他的聲望和名氣才能超越死去的李奧納多，這麼一來，他也無須費力公然誹謗這個名字，因爲當他登峰造極之時，他大可允許自己忽視這個名字，並假裝他的作品從未存在過，頂多只是無知的鄉巴佬盲目吹捧的精神食糧。吉歐達諾當下提出的價錢，遠超過這對自稱是芙蘭綺思嘉父母的卑劣夫妻夢想的金額。婚禮將在吉歐達諾王宮的教堂舉行，兩人一週內完婚。交易過程中，芙蘭綺思嘉始終不發一語。

七天後，青年塞萬提斯正在城裡閒逛尋找靈感時，一個金色大馬車領軍的隊伍在人群中開道前進。當隊伍穿越科爾索大街時，曾暫停片刻，就在這時候，他看見了她。芙蘭綺思嘉，身穿佛羅倫斯工匠裁製的精緻絲綢華服，此時的她，正從馬車車窗靜靜凝視著他。他在她的眼神中讀出了深沉的哀傷，也看到了被囚禁的靈魂散發的強大力量，此時的塞萬提斯感受到一股寒顫竄流全身，有生以來第一次，他深信自己已在陌生的面容裡找到了眞正的命運依歸。

眼看著隊伍逐漸遠去，塞萬提斯趕緊向旁人追問女孩的身分，於是人們向他敘述了芙蘭綺思嘉的故事。聆聽路人的敘述之後，他想起了早已聽說過關於她的流言蜚語，只是他當時沒當眞，逕自把這個故事看成了在地劇作家編造的市井傳說。沒想到，傳奇確有其事。一個單純、樸素的女孩，卻擁有超凡的美貌，可以預見的是，紅顏多命舛，人們在言語中已確定她勢必遭遇不幸和屈辱。青年塞萬提斯亟欲跟隨隊伍到吉歐達諾王宮，卻已力不從心。在他看來，這場狂歡盛宴只是一首哀歌，眼前所見，無非是純潔和完美慘遭貪婪、悲慘和無知的毒手摧殘的一場悲劇。

他決定返回旅店，一路上迎面而來的人群，正打算去知名藝術大師的王宮婚禮湊熱鬧，他的內心卻湧上一股悲傷愁緒，幾乎就像那不知名女孩眼神中的哀愁那樣強烈。當天晚上，吉歐達諾大師褪去芙蘭綺思嘉身上的絲綢華服，並滿懷驚異和色慾地輕撫著她的每一寸肌膚。就在這時候，大膽建在台伯河岸危險地段的女孩娘家屋舍，因爲承受不了家中堆積的大批金銀珠寶和假手飾，突然坍塌落入冰涼的河水中，屋內的一家人，從此不見蹤影。

與那裡相距不遠處，油燈映照下的塞萬提斯，夜不成眠，看著面前的紙墨，打算寫下當天的見聞。當他試圖描述自己在科爾索大街與少女芙蘭綺思嘉四目相接的印象時，雙手和文思卻無力爲之。他自以爲擁有文筆和才氣，卻在筆尖化爲烏有，整張紙上連一個字都寫不出來。於是，他告訴自己，倘若他的文學能夠捕捉那位絕美少女十分之一的魅力，便足以讓他的名字和聲望躋身史上最偉大詩人之列，並讓他成爲敘事之王，他將變身帕爾納索斯王子❶，他的燦爛光芒將照亮失落的文學天堂，同時也抹滅背信忘義的劇作家洛佩．德．維加❷在世間的惡名，此人坐擁財富和榮耀，少年得志且功成名就，而他卻只能勉強寫出不讓自己文筆蒙羞的詩句。片刻之後，他驚覺自

---

❶ Parnassus（西班牙文是 Parnaso），希臘神話中海王與仙女之子。又，帕爾納索斯也是山的名字，神話中此山是阿波羅與繆斯女神居住之地。

❷ Lope de Vega（1562-1635），西班牙黃金時代著名作家，作品包含詩歌和劇作等，相當多產。

己的陰暗渴望，深爲啃噬著他的虛榮和瘋狂忌妒感到羞恥，並告訴自己，他沒比吉歐達諾好多少，此時此刻，這個老頭兒大概正以他滿口謊言的雙唇舔食著禁忌的糖蜜，並以惡名昭彰的顫抖雙手探索著被掠奪的私密。他已感受到，無比殘酷的上帝已將芙蘭綺思嘉的美麗遺棄在男人手中，以此提醒他們靈魂的醜陋、努力的可悲以及慾望的可憎。

悠悠數日已過，那次短暫的相遇卻未曾從他的記憶中抹去。塞萬提斯試著坐在書桌前工作，期望自己能像洛佩那樣，不費吹灰之力即能寫出讓大眾滿意又能攫獲其想像力的劇作，然而，他的腦海中浮現的卻只是芙蘭綺思嘉的容貌深植在他心中的失落感。於是，他根據已構思的劇作架構，筆尖如行雲流水般寫下了一頁頁晦暗的浪漫故事，透過詩句，他試圖重塑女孩失落的人生經歷。在他的故事當中，芙蘭綺思嘉沒有記憶，人生只是一頁空白；他的角色，一個唯有他才能在筆下創造的命運，一種純粹的承諾，或能讓他再次相信，在這個充滿謊言和欺騙、卑鄙和責難的世界，依然存在著純淨和無邪的事物。他夜夜未眠，努力鞭策想像力，用力拉緊才智的鋼索，直到筋疲力竭，即使如此，每到破曉時分，他重讀自己寫下的文字之後，總將這些作品丟進火爐裡燒了，因爲他知道，庸俗塵世不值得分享這個啓發其靈感的女孩，因爲她將在吉歐達諾的監獄裡慢慢被摧殘殆盡，他雖然沒見過這個人，但他深信，此人必定已在深宮裡爲她築好了一座監牢。

日子一天天過去，一週過了又一週，婚禮已過了半年，但在整個羅馬城裡，從此沒有任何人再見過安塞莫．吉歐達諾和芙蘭綺思嘉．狄帕瑪。據悉，城裡最好的商家們陸續運送食品到王宮大門口，負責接收的是大師的私人僕從托馬索。人們還說，安東尼歐．梅爾康堤的工坊每週爲大師準備所需的畫布和顏料。然而，沒有任何人親眼見過藝術家本人或他的年輕妻子。大師婚禮滿半年那天，塞萬提斯正在一位知名劇場大亨的宅邸，此人經營了城裡數家大型劇場，求才若渴，到處找尋才華洋溢、三餐不繼且願意爲錢工作的新秀作家。經由幾位同業的推薦，塞萬提斯才得以和里歐涅羅先生會面，這位舉止浮誇、衣著貴氣的紳士在書桌上收集了許多玻璃瓶，據說，瓶內裝的都是他收集的各大名妓私密分泌物，而他的衣領上則別著一個小小的天使別針。里歐涅羅閱讀劇作標題的同時，讓他一直杵在一旁等著，且邊讀邊露出無聊和不屑的神情。

「地獄詩人……」劇場大亨囁嚅著。「老調重彈。這樣的故事，在您之前已經有人寫過，而且寫得更好。這麼說吧……我要找的是創新、勇氣、遠見。」

塞萬提斯從經驗中得知，那些口口聲聲說要在藝術當中找尋高尚美德的人，往往無法辨識這些美德，不過，他也知道，飢腸轆轆和阮囊羞澀削減了議論和爭辯的籌碼。他的本能告訴他，一副老狐狸模樣的里歐涅羅，壓根兒就不喜歡他帶來的劇作風格。

「很抱歉耽誤了先生的寶貴時間……」

「別這麼著急！」里歐涅羅打斷了他的話。「我是說老調重彈，但是那並不表示……這麼說吧，不表示那是垃圾。您確實有點才華，但欠缺職業敏銳度。您缺乏的是……您缺的是品味，而且也沒有時代感。」

「謝謝您的慷慨指教。」

「我也謝謝您的挖苦，塞萬提斯。你們西班牙人的毛病就出在優越感太強，偏偏又不夠堅定。不能這麼快就棄械投降啊！您要向您的同胞洛佩·德·維加多學學。如同你們西班牙人說的，他是個天才，簡直不像是眞實的人物。」

「您的建議，我會牢記在心。那麼……閣下認爲，我的作品有機會受到您的青睞嗎？」

里歐涅羅開懷大笑。

「難不成豬崽會飛嗎？老實說吧……沒有人想看那種令人絕望的戲劇，塞萬提斯，更別提那齣戲敘述的還是男人心如爛泥，而且地獄就是自己和他人。人們到劇場去，只想大笑或大哭一場，並提醒自己看戲是如此美好和高貴。您依然保有純眞，而且，看來……您認爲自己必須闡述事實。過幾年，您慢慢就會釋然的，至少我希望是這樣，因爲我不想看見您將來活活被燒死，或成了地牢裡的一具腐爛死屍。」

「所以，您認爲沒有人會對我的作品感興趣……」

「我可沒這麼說。不如這樣……我認識這麼一個人，說不定他會有興趣。」

塞萬提斯突然覺得心跳加速。

「飢餓是多麼顯而易見啊！」里歐涅羅不禁嘆了口氣。

「飢餓和西班牙人截然不同，既沒有優越感，又有無比的決心。」塞萬提斯主動接腔。

「看到沒？您現在開始有點上道啦！您懂得見風轉舵，而且是……把平淡的句子扭轉成戲劇化的答覆。這雖然只是初學者的程度，但至少不是只會拿著作品傻呼呼地站在那裡的鄉巴佬，連如何給自己找退路都不知道……」

「既然這樣，您可以幫幫我嗎？里歐涅羅先生，我什麼都願意做，而且學得很快。」

「這點我倒是一點都不懷疑……」

里歐涅羅打量著他，面有疑慮。

「什麼事情都可以，先生。拜託……」

「有件事情，說不定您會有興趣。不過，我先說……這件事情有它的風險。」

「風險無法嚇唬我的。至少，不會比悲慘更糟。」

「事情是這樣的……我認識一位先生，我跟他之間……這麼說吧……有個約定。當我碰到一個潛力十足又有前途的年輕人時，例如像您這樣，我就會把這個人介紹給他，當然，他也會向我道謝。以他自己的方式。」

「在下願聞其詳。」

「這就是我擔心的問題……其實呢，我們提到的這位先生，此時此刻正路過本城。」

「這位先生和閣下您一樣也是劇場經營者嗎？」

「可說是類似。他是個編輯。」

「甚至更好啊。」

「您怎麼說都行。這位先生在巴黎、羅馬和倫敦都有辦事處，到處尋找有特殊天分的人——就像您這種。」

「感激不盡。」

「您不需要感激我。您去找他，告訴他是我介紹您去的。事不宜遲，趕緊去吧！據我所知，他在城裡只停留幾天。」

里歐涅羅在紙上寫了個名字，然後遞給他。

安瑞亞斯．柯瑞理
盧米埃出版社

「傍晚時刻，您會在博爾蓋斯客棧碰見他。」

「您認爲他對我的作品會有興趣嗎？」

里歐涅羅面露詭異的笑容。

「祝您好運囉！塞萬提斯。」

夜幕漸低垂，塞萬提斯換上僅有的乾淨襯衣，隨後前往博爾蓋斯客棧，那是個花園和水道環繞四周的別墅，就在吉歐達諾王宮附近。一位神情嚴肅的僕人突然出現在階梯口，並宣稱正在等候他的到來，安瑞亞斯．柯瑞理隨後會在其中一間大廳接待他。塞萬提斯暗自臆想，或許，里歐涅羅的本性比他的言行表現得更善良一些，已經早一步先向這位編輯好友美言推薦了他。僕人帶領塞萬提斯來到一間昏暗的橢圓形書房，爐火散發的熱氣竄流滿室，琥珀色的爐火燒得熾旺，火光在無盡的書牆間閃爍跳動著。火爐前放著兩張碩大的手扶椅，塞萬提斯遲疑了半晌之後，終究挑了其中一張椅子坐了下來。催眠似的火花規律舞動著，暖呼呼的熱氣包覆了他的身體。約莫過了數分鐘之後，他發現自己並非單獨在此。另一張手扶椅上坐著一個身形高大、稜角分明的身影。此人一身黑衣，身上同樣配戴著他那天下午在里歐涅羅衣領上看到的銀色天使。塞萬提斯首先注意到的是他的雙手，那是一雙前所未見的大手，膚色蒼白，手指又長又尖。其次是他的雙眼。那兩面明鏡裡映照著爐火和塞萬提斯的面容，那雙眼睛，始終未曾眨動，瞳孔輪廓似乎因此而有所改變，臉上的肌肉也不曾有過一絲牽動。

「老友里歐涅羅告訴我，您是個才華洋溢的人，可惜時運不濟。」

塞萬提斯猛吞口水。

「您別被我的長相嚇著了，塞萬提斯先生。外表不見得總是會騙人，不過幾乎都會讓人滿腦混沌。」

塞萬提斯默默點頭回應。

柯瑞理嘴角上揚，雙唇仍緊抿著。

「我如果沒弄錯的話……您帶了一本劇作要讓我看看，是嗎？」

塞萬提斯隨即遞上手稿，並瞥見柯瑞理看到標題時逕自露出了微笑。

「這只是初稿。」塞萬提斯說道。

「現在已經不是了。」柯瑞理接腔，同時翻閱著手稿。

塞萬提斯定睛注視著這位主編神色冷靜地讀著他的作品，時而面露微笑，時而驚訝挑眉。擺在兩張椅子間的桌子上，一只酒杯和一瓶色澤濃厚的醇酒似已喧賓奪主。

「您喝吧！別客氣，塞萬提斯。人不能只靠文字過日子。」

塞萬提斯在杯裡斟了酒，隨即送進唇邊。一股甜美且令人陶醉的香氣充斥著他的舌尖味蕾。他連喝了三口，並覺得有一股難以抑制的衝動想要繼續喝。

「別不好意思，朋友。沒斟上醇酒的酒杯，簡直就是對生命的一種侮辱。」

沒多久，塞萬提斯漸漸已數不清自己喝了幾杯。他感受到一股輕盈愉快的睡意，低垂的眼皮之間，他瞥見柯瑞理仍繼續讀著他的手稿。遠處傳來午夜的鐘聲。過了半晌，深沉的夢鄉簾幕垂落下來，接著，塞萬提斯陷入了寂靜中。

當他再度睜開眼時，柯瑞理的身影出現在火爐前。這位主編佇立在燒得正旺的爐火前，背對著他，手上拿著他的手稿。他略感暈眩，喉嚨裡仍留著甜膩的紅酒餘味，不禁納悶，自己究竟睡了多久。

「總有一天，您會寫出傳世鉅作，塞萬提斯。」柯瑞理終於開口。「不過，這一本還不是。」

語畢，這位主編隨手就把手稿丟進火爐裡。塞萬提斯馬上撲向爐火前，可惜轟隆烈火讓他卻步了。他看著自己的心血結晶就這樣被燒掉了，一行行墨跡被藍色火焰吞噬，白煙如涓涓細流般流竄在扉頁間，彷彿一條條煙塵蛇蠍。他絕望至極，隨即跪倒在地，接著，他轉過頭來望著柯瑞理，卻瞥見這位主編面帶悲憫神情看著他。

「有時候，一個作家必須燒掉上千頁手稿，然後才會寫出代表作。您才剛起步呢！您的作品在成熟的門檻前還有得等。」

「您沒有權利做這樣的事情……」

柯瑞理面露微笑，並伸出手來，打算扶他從地上站起來。塞萬提斯略有遲疑，但最後還是接受了他的協助。

「我要您替我寫文章，朋友。不趕時間。就算您需要好幾年，那也沒關係。您需要的時間會超乎預期的。這剛好與您的野心和慾望相吻合。」

「您又知道我的慾望是什麼了？」

「就和所有新秀詩人一樣啊！塞萬提斯，您這個人就跟一本攤開的書本一樣，很容易理解。您的《地獄詩人》讓我覺得就像是小孩玩的簡單遊戲，也像是人人都會得的麻疹，因此，我打算向您提出一項很實際的交易。這份交易是，您要寫出一部作品，而這部作品必須同時符合您的和我的層次。」

「您都已經燒掉了我花了好幾個月才完成的作品……」

「我這樣做是爲了您好啊！您如果眞的覺得我說得沒道理，那就眞心告訴我實話。」

雖然琢磨了好一段時間，但塞萬提斯還是低頭默認了。

「還有，如果我說的不對，您可以糾正我……其實，您一直滿懷希望可以創作一部能超越對手的傑作，最好能讓那個名叫洛佩的多產天才從此黯淡無光。」

塞萬提斯有意反駁，嘴巴卻說不出半個字。柯瑞理又是一臉得意的微笑。

「您不需要因爲這件事而感到羞恥。千萬不要覺得這樣的慾望會讓您變得和吉歐達諾一樣……」

塞萬提斯驀然抬頭，一臉愕然。

「我當然知道吉歐達諾和他的繆思這段故事。」柯瑞理沒等他提問，逕自提出解釋。「我知道這件事，因爲我從很多年前就認識這位年邁的大師，那時候您大概還沒出生呢！」

「安塞莫・吉歐達諾是個可悲的傢伙！」

柯瑞理噗哧一笑。

「不，他並不可悲。他就是一個正常的男人。」

「一個必須爲自己的罪行付出代價的男人。」

「您眞的這樣想嗎？千萬別告訴我，您打算去找他決鬥。」

塞萬提斯頓時一臉蒼白。他幾個月前遠離馬德里的莊園，就是爲了躲避因爲參與一次決鬥而遭下令拘捕，這件事，這位主編怎麼會知道？

柯瑞理一臉不懷好意的訕笑，並伸出食指對準他。

「那麼，那個不幸的吉歐達諾究竟犯了什麼罪？他只是偏愛繪畫田園風光的山羊、處女和牧童，以此取悅商人和主教，他還畫了身型豐滿的聖母，好讓教區居民禱告時能心懷喜悅。您說，他做了什麼見不得人的事了？」

「他綁架了那個可憐的女孩，將她囚禁在那座王宮裡，就爲了滿足自己的貪婪和卑劣。他是爲了掩飾自己已經江郎才盡，也爲了抹滅自己的羞恥。」

「人就是這樣，只要一逮到機會，總是火速批判那些和自己行徑相似的同類……」

「我永遠都不可能做出他那些行爲。」

「您確定？」

「當然！」

「您敢不敢試試看？」

「我不懂您的意思……」

「我問您，塞萬提斯先生，您對芙蘭綺思嘉·狄帕瑪了解多少？拜託，千萬別讓我看什麼不幸少女和悲慘童年那種詩歌。您的戲劇功力，我已經見識過了……」

「我只知道……她不應該在監牢裡過日子。」

「或許是因爲她長得美？難不成美麗使她更顯高貴？」

「因爲她的單純。因爲她的善良。因爲她的純潔。」

柯瑞理舔了舔雙唇。

「您現在還有機會放棄寫作改投入宗教聖職，塞萬提斯老弟。薪水優厚多了，還提供住所，更別提餐餐有熱騰騰的食物。成爲詩人，必須要有很強的信念。遠超過您目前堅守的理念。」

「您總是嘲笑所有的人。」

「我嘲笑的人只有你，塞萬提斯。」

塞萬提斯站了起來，並作勢要往門口走去。

「既然這樣，我就讓閣下您一個人在這裡笑個夠吧！」

當塞萬提斯來到大廳門前時，這扇門卻突然在他面前用力關上，甚至把他撞倒在地。他用盡全力卻幾乎難以起身，這時候，他驚覺柯瑞理正傾身挨近他，稜角分明、高約兩米的身軀彷彿要撲向他，並打算將他撕裂成碎片。

「站起來！」他下達命令。

塞萬提斯乖乖照辦。這位主編的雙眼似已改變。兩個黑色的大瞳孔在他的目光中漸漸擴張。他從未感受過如此強烈的恐懼感。他倒退一步，卻正好撞上書牆。

「我給您一個機會，塞萬提斯。這是個讓您做自己的機會，也讓您不必在不屬於您的人生道路上繼續徘徊。這就跟所有上門的機會一樣，最後決定權在您手上。您願意接受我的提議嗎？」

塞萬提斯聳聳肩。

「我的提議是這樣的：您將會寫出一部傳世傑作，不過，爲了寫出這部作品，您必須失去所愛的一切。您的作品將接受世世代代的推崇、羨慕和模仿，但是，在您的心中，空虛會比您的才華帶來的榮耀和虛榮大上千倍，因爲，唯有如此，您才能認清自己眞實的七情六慾，到時候您才會知道，您是否就像自己以爲的那樣，眞的比吉歐達諾或所有像他那樣的人更好。那些人接受了這項自我挑戰，最後還是在面對自我反思時敗陣求饒……怎麼樣，您接受這個提議嗎？」

塞萬提斯試圖迴避柯瑞理的目光。

「我沒聽見您說的話。」

「我接受。」他出聲回應。

柯瑞理伸出手來，接著，塞萬提斯和他握了手。這位主編的手指緊握住他的手，彷彿一隻蜘蛛似的，同時，他還感受到柯瑞理冰涼的氣息迎面而來，聞起來盡是爛泥和枯花的味道。

「每逢週日，午夜時分，吉歐達諾的老僕人托馬索會打開小巷旁那扇門，那條巷子隱匿在王宮東側的樹林裡，接著，他會出門去拿一瓶以香料和玫瑰水調製的滋補藥水，那是江湖醫生阿維亞諾特別爲他調配的，據說是回春神藥。一週當中，大師的僕人和隨從只有這一天晚上能放假，而且接班的新團隊要等到清晨才會來。老僕人出門的半個鐘頭期間，大門會一直開著，而且王宮裡不會有守衛。」

「您……您期望我做什麼？」塞萬提斯結結巴巴地問道。

「問題是……您期望自己做什麼？這位先生，這是您想過的人生嗎？你眞的想成爲你現在這樣的男人嗎？」

火焰在爐子裡閃爍著，未幾，爐火熄了，黑暗延伸到書房牆壁上，彷彿一大片潑墨，淹沒了柯瑞理。當塞萬提斯打算回應時，現場只剩他一人。

那個週日午夜，塞萬提斯藏身在吉歐達諾王宮周圍的樹林裡伺機而動。午夜鐘響過後，果然如柯瑞理所言，一扇小小的邊門打開了，緊接著出現大師僕人佝僂的身影行走在小巷中。塞萬提斯一等到老僕人的影子隱沒在暗夜裡，隨即溜到邊門前。他伸手握著門把，然後用力一推。正如柯瑞理的預告，門確實是開著的。塞萬提斯往屋外再三張望，確定自己沒被人發現，然後進了屋裡。關上門之後，他轉身才發現自己身處一片漆黑當中，於是，他責備自己實在太缺乏常識，竟然未隨身帶著照明用的蠟燭或油燈。他扶牆而行，又濕又滑的牆壁，彷彿是一頭猛獸的臟器，他緩步摸黑前進，直到他踢到第一層台階，看來，往上似乎是一座螺旋梯。他緩緩拾級而上，不久即瞥見一抹微光，映出一座石砌拱門，門後延伸出一條長廊。長廊地板由大片黑色和白色大理石砌成，就像西洋棋盤一樣。塞萬提斯像個棋賽中偷偷前進的小兵棋子，漸漸進入偌大的王宮內部。他在那條長廊尚未走到盡頭，卻已發現，一路都有畫框和畫布堆積在牆邊，散放一地，看來是整座王宮的廢棄品。接著，他越過了房間和廳堂的門檻，裡面的所有架子、桌子和椅子上都堆放著未完成的肖像。一座通往樓上的大理石階梯上，滿地散落著損壞的畫布，有些甚至殘留著作者撕毀時的怨怒。到了中庭內院，塞萬提斯發現自己置身在一片朦朧月光下，月色從王宮圓頂滲入，一群鴿子在圓頂外盤旋飛舞，振翅飛翔的回音傳遍屋內的走道和破落的房間。他在其中一處廢棄物前跪了下來，隨即認出畫布上那張幾近面目全非的臉，一如所有未完成的肖像，那是芙蘭綺思嘉．狄帕瑪。

塞萬提斯環顧四週，看到數以百計和那幅肖像一樣的畫作，皆遭毀損，全被丟棄。此時他才恍然悟解，爲何眾人長期不見大師吉歐達諾的蹤影。這位藝術家，傾全力重拾已逝的靈感，極力要捕捉芙蘭綺思嘉的動人光采，卻在每一次下筆時逐漸失去了理智。他的瘋狂留下了一連串未完成的畫作，彷佛蛇皮似的遍布整座王宮。

「我已經等您很久了。」背後有人出聲。

塞萬提斯隨即轉身。眼前是一位憔悴的老人，一頭披散的凌亂長髮，身上的衣物髒汙不堪，雙眼紅腫，眼神空洞，面帶微笑在客廳角落觀望著他。他坐在地上，陪伴他的只有一只酒杯和一瓶紅酒。這是大師吉歐達諾，當代最著名的藝術家之一，卻在自己家裡變成了一個瘋狂叫化子。

「您到這裡來是打算把她帶走，對吧？」他問道。塞萬提斯不知如何回應。老畫家又爲自己斟了一杯酒，然後舉杯敬酒。「這座王宮是我父親爲我建造的，您知道嗎？他說，這裡可以保護我不被世間傷害。但是，誰能保護我們不被自己傷害呢？」

「芙蘭綺思嘉在哪裡？」塞萬提斯問他。

老畫家悠然望著他，一邊啜著美酒，同時面露譏諷的神情。

「您眞的認爲自己能在這麼多人鎩羽而歸的地方凱旋歸去嗎？」

「我並沒有什麼凱旋歸去的打算，大師。我只是來解救一個女孩，她不應該在這裡過這樣的生活。」

「自欺欺人的勇者聖賢啊！」吉歐達諾大聲說道。

「我不是來跟您吵架的，大師。如果您不告訴我她在哪裡，我只好自己去找她了。」

吉歐達諾將杯中美酒一飲而盡，然後頻頻點頭。

「我不會阻止您的，年輕人。」

吉歐達諾抬頭望著微光中通往圓頂的樓梯。塞萬提斯定睛細看陰暗處，隨即瞥見了她。芙蘭綺思嘉的身影是陰暗中的一道明光，緩緩往樓下移動，只見她一絲不掛，赤足下樓。塞萬提斯趕緊脫下身上的斗篷爲她蔽體，並將她擁入懷裡。她眼神中無盡的悲傷對他是一記重擊。

「先生趕快離開這裡吧！趁現在還來得及……」她低聲說道。

「我會走的，但是，除非您跟我一起走。」

吉歐達諾在角落看著這一幕，連忙鼓掌叫好。

「多麼動人的一幕啊！午夜的一對愛侶，正在通往天堂的階梯口。」

芙蘭綺思嘉凝望著老畫家，對於這個囚禁了她半年的男人，她的眼神裡盡是溫柔，絲毫不見任何責難。吉歐達諾對她甜甜一笑，一如熱戀中的青少年。

「原諒我，親愛的，我沒能讓妳過上妳應該過的好日子。」

塞萬提斯亟欲帶著年輕女孩離開，但她卻依然緊盯著那個囚禁她的男子，一個看似已近生命終點的老人。吉歐達諾又啜了一口紅酒，接著把酒杯遞給她。

「最後一口美酒，就當是告別吧！心愛的。」

芙蘭綺思嘉掙脫了塞萬提斯的擁抱，然後走近吉歐達諾，並在他身旁跪了下來。她伸出手，並輕撫著他那張皺紋滿布的臉龐。老畫家緊閉雙眼，完全沉浸在她輕柔的撫觸當中。離去前，芙蘭綺思嘉接下了酒杯，並喝下了杯中的紅酒。她緩緩啜著醇酒，閉著眼睛，雙手捧著酒杯。接著，酒杯從她手中滑落，玻璃碎片散布在她腳邊。塞萬提斯上前攙扶她，她隨即癱倒在他懷裡。塞萬提斯並未回眸再看老畫家最後一眼，逕自擁著女孩往大門走。跨出門外時，他發現大批隨從和僕人正在等著。但沒有任何人上前阻擋他。其中一位全副武裝的隨從將自己黑色駿馬讓給他。塞萬提斯躊躇了一會兒，但還是接受了馬匹。當他決定接受駿馬時，大批隨從立刻爲他讓出一條路，並在一旁默默觀望著他。他騎上馬背，懷裡擁著芙蘭綺思嘉。駿馬朝著北方奔馳而去，就在此時，吉歐達諾的王宮圓頂竄出火舌，羅馬的天空頓時暈染成一片深紅和煙灰。兩人馳騁終日，入夜後即在旅店過夜，仰賴的是塞萬提斯在馬匹鞍囊中找到的金幣，讓他們在逃亡路上免於餐風露宿的磨難。

一連奔波了數日之後，塞萬提斯發現芙蘭綺思嘉口中散發著杏仁氣味，雙眼周圍也開始出現了黑眼圈。每到夜晚，當女孩獻上赤裸的胴體時，塞萬提斯知道，她的軀體正在他的雙手間慢慢消失，吉歐達諾那杯毒酒，解放了她，也讓他自己從詛咒中解脫，卻在她的血管中熾烈燃燒，且逐漸吞噬了她。旅途中，他們投宿最好的旅店，請來的醫生賢達爲她做了檢查，但並未發現她罹患任何疾病。白日的芙蘭綺思嘉精神不濟，幾乎無法開口或張眼，但夜裡卻精神振奮，在暗夜裡的床上，她總是魅惑著詩人的感官，並指引著他的雙手。行路天涯兩週後，他發現她冒雨走在湖邊，湖水已漫淹到他們投宿過夜的旅店旁。雨水沖刷著她的軀體，而她卻張開雙臂，仰頭望天，彷彿期待身上珍珠般的雨滴能滌淨她被詛咒的靈魂。

「你應該在這裡離我而去。」她對他說道。「忘了我，繼續走你未來的路。」

然而，塞萬提斯見過了女孩在白天的沮喪萎靡，他向她承諾，絕不會棄她於不顧，只要她一息尚存，一定會竭盡所能讓她活下去。讓她活出自己的生命。

兩人越過了庇里牛斯山後，繼續朝著伊比利半島的方向前進，過了地中海沿岸的一個隘道之後，兩人繼續前往巴塞隆納城。此時，塞萬提斯已經累積了一百頁手稿，那是他每晚看著她被噩夢糾纏而寫下的文字。他總覺得，他的文字、眼前的景象以及他的文稿散發的墨香，已是維持她活下去的唯一途徑。每天夜裡，當芙蘭綺思嘉在他的懷裡沉沉睡去之後，塞萬提斯會狂熱地透過無數虛構情節試圖去重塑她的靈魂。數日後，他那匹黑馬在巴塞隆納城牆附近突然倒地暴斃，這時候，他的劇作已經完成，芙蘭綺思嘉似乎也已恢復了元氣，眼神也重現光采。旅途中，他的腦中曾浮現夢想，希望能在那座沿海城市找到棲身之處和希望，期望能遇上熱心人士能幫他找到印刷手稿的出版商，唯有當人們閱讀他的故事並沉浸在他創作的文字世界裡，他以紙墨塑造的芙蘭綺思嘉和每晚在他懷裡溫存銷魂的女孩才能合而爲一，並重返文字力量足以克服詛咒和苦難的世界，而上帝，無論祂藏在哪裡，將會允許她在他身旁繼續活下去。

——節錄自《詛咒之城之神祕紀事》，伊格納迪斯．B．薩森／著，巴利鐸暨艾斯科比亞出版社，巴塞隆納，一九二四年

巴塞隆納，一五六九年

兩天後，在熾熱的晴空下，他們埋葬了芙蘭綺思嘉·狄帕瑪，此時風平浪靜，停靠在港口碼頭邊的船隻正揚起風帆。夜裡，女孩在塞萬提斯懷裡香消玉殞，就在位於安洽街上那幢老舊建築頂樓的房間裡。當她最後一次睜開眼，並面帶微笑低語著：「讓我走吧！」當時，印刷商森貝雷和桑丘一直陪在他身旁。

那天下午，森貝雷完成了第二版的《地獄詩人》印刷工作，這是米格爾·德·塞萬提斯·薩維德拉先生創作的三幕愛情故事，他隨身帶了一本樣本給作者看，但這位作者卻連封面上的名字都懶得看一眼。這位印刷商家族在古老的聖母城門附近有一小塊地，緊鄰特倫塔克勞斯街，他提供此地一處簡單的墓穴用來埋葬逝去的女孩，宗教法庭風聲鶴唳的艱困年代，森貝雷家族曾將書籍藏在石棺裡，並以葬禮儀式將之埋進墓園和書籍聖地裡，以此逃過了焚書的噩運。塞萬提斯對此感激不盡，隨即接受了他的好意。

翌日，他在沙灘上，把《地獄詩人》第一次也是最後一次點火燒毀了，同樣也在這裡，將來的某一天，參孫．卡拉斯科❶學士將在此擊潰機智的鄉紳阿隆索．吉哈諾❷。接著，塞萬提斯離開這座城市，遠走他方，這一次，他的靈魂中將帶著芙蘭綺思嘉的回憶和光采。

巴塞隆納，一六一〇年

歷時四十載之後，米格爾·德·塞萬提斯重返這座他埋葬了純眞的城市。在他的生命中，人生故事裡的印記不外乎一連串的不幸、挫敗和悲傷。廣受認同如糖蜜般可口，卻直到他已進入風燭殘年之際，才以極其悲慘和吝嗇的姿態向他展露笑容。相較於他那位備受推崇的同輩，劇作家兼冒險家洛佩·德·維加，年紀輕輕便名利雙收且地位崇高，塞萬提斯享受桂冠榮耀的時刻顯然來得太遲，因爲，唯有在正義時刻到來，掌聲才有其價値。一朵遲來的花朵卻已枯萎，無非就是恥辱和冒犯。

---

❶ Sansón Carrasco，塞萬提斯小說《唐吉訶德》中的角色，乃主角的鄰居和友人。

❷ Alonso Quijano，塞萬提斯小說《唐吉訶德》主角唐吉訶德的本名。

一六一〇年左右，塞萬提斯總算成了世人公認的知名作家，只是身家依舊寒酸，因爲金錢總是在他生命中擦身而過，而且似乎不打算在他的晚年有所改變。暫且不提命運的嘲諷，學者們咸信，一六一〇年塞萬提斯在巴塞隆納短暫停留的三個月期間，度過了一段愉快時光，雖然也有人質疑，他可能從未眞正踏上這座城市的土地，挑起這段爭議的人暗示，如此不起眼且不足爲信的浪漫故事，在任何地方的任何時刻都可能發生，或許只是一個渴望成名的抄寫員頽廢的想像罷了。

但若我們決定相信傳奇，並接受奇幻和夢想的神奇硬幣，我們可以確信的是，在那段日子裡，塞萬提斯在港口城牆對面有間小小的書房，敞開的窗子充盈著地中海的陽光，地點就在芙蘭綺思嘉．狄帕瑪在他懷裡斷氣的房間附近，他每天坐在那裡寫作，這些文字將讓他享有盛名，尤其是在他祖國疆界之外。他暫住的莊園是老友桑丘的房產，這位好友現在成了富有的商人，生了六個孩子，爲人和藹敦厚，任何恥辱都跟他沾不上邊。

「您目前在寫什麼呀？大師……」桑丘每天見他出門時總要問上一句。「我家太座一直在期待我們這位來自拉曼卻的親愛鄉紳最新的英勇冒險呢……」

塞萬提斯總是微笑以對，但從未回覆過這個問題。有時候，夕陽西下時，他會走到老森貝雷和兒子們經營的印刷工廠，就在聖塔安娜街上，緊鄰教堂邊。塞萬提斯喜歡在書堆和書頁間消磨時間，同時和印刷商老友閒聊，但總是刻意避談兩人鮮明記憶中的那些往事。

有天晚上，已經到了工廠該關門的時刻，森貝雷先差遣兒子回家，然後關上了工廠大門。這位印刷商看來一副心神不寧的樣子，塞萬提斯心裡有數，這位老友這幾天一直在爲某件事傷神不已。

「前幾天，有位先生到這裡來，並且問起了您……」森貝雷先開了口。「滿頭白髮，個子非常高，那雙眼睛……」

「……像狼眼。」塞萬提斯接腔。

森貝雷點頭附和。

「就像您說的那樣。他告訴我，他是您的老朋友，如果您正好在城裡的話，他很想跟您見上一面……我也說不上來爲什麼，但是，他才剛走，我心裡突然湧上一股極大的焦慮感，接著，我開始胡思亂想，他會不會就是那天晚上在海上聖母教堂邊的酒館裡，您跟桑丘和我談起的那個人……當然，他的衣領上也別著一個小小的天使雕像。」

「我還以爲您老早就忘了我那天說的事情了，森貝雷。」

「我從來不會忘記自己印過的內容。」

「我猜……您大概一本都沒留下吧！」

森貝雷投以溫厚的笑容。塞萬提斯隨即嘆了一口氣。

「柯瑞理向您提出什麼樣的買書條件？」

「優厚得很，足夠讓我馬上退休，並且把業務轉讓給薩巴斯提安・德・柯爾梅雅斯的兒子們，然後好好地印一本好書。」

「您把書賣給他了嗎？」

森貝雷並未答腔，倒是轉身走向工坊角落，然後跪了下來，接著，他掀開地上的其中一塊木板，拿出了一個以布巾包裹的東西，並放在塞萬提斯面前的桌上。

這位小說家仔細打量了這包東西好幾秒鐘，接著，他看到森貝雷點頭示意，隨即打開布巾，此時，眼前出現的是世上僅存的一本《地獄詩人》。

「我可以帶走嗎？」

「這本來就是您的書。」森貝雷應道。「因爲您是作者，也作爲支付印刷款項的收據。」

塞萬提斯翻開書頁，視線落在前幾行。

「詩人是唯一年紀漸長後視力卻越來越好的動物。」他說道。

「您打算去赴約嗎？」

塞萬提斯面露微笑。

「我有別的選擇嗎？」

數日後，塞萬提斯一如往常，早晨出門到城裡散步，雖然桑丘已先提醒他，根據漁民們的說法，海上暴風雨將至。到了中午，果然開始颳起了狂風暴雨，漫天烏雲密布，偶有閃電橫掃天際，隆隆雷聲彷彿快要震碎城牆，整座城市正壟罩在被風暴摧毀的威脅之下。爲了躲避暴風雨，塞萬提斯躲進了大教堂。教堂內空無一人，於是這位小說家挑了旁邊小教堂前的長椅坐了下來，藉此沉浸在數百支陰暗中燃燒的蠟燭散發的熱氣裡。當他發現身旁坐著安瑞亞斯・柯瑞理時，並未顯露驚愕神情，而柯瑞理則兩眼直盯著懸掛在祭壇上方的耶穌像。

「歲月並沒有在閣下身上留下痕跡啊！」塞萬提斯說道。

「您的聰明機智也未曾稍減呢！親愛的朋友。」

「或許我的記憶力眞的退步了，因爲我已經忘記我們曾是朋友的時刻……」

柯瑞理聳了聳肩。

「祂就在那裡，爲了清除全人類的罪惡而被釘在十字架上，而您卻無法原諒我這個可憐的魔鬼……」

塞萬提斯神色嚴厲看著他。

「您現在該不會想告訴我，褻瀆神靈也冒犯了您？」

「褻瀆只會冒犯那些勇於把這件事說出口而遭他人嘲諷的人。」

「我的目的可不是要嘲諷您啊！塞萬提斯老弟。」

「那麼……您的目的究竟是什麼？柯瑞理先生……」

「請求您寬恕我？」

兩人沉默良久。

「寬恕不是靠言語請求而來的。」

「我知道。尤其不是靠我說的這些話。」

「希望您不會介意……我要是從您口中聽到『提議』這種字眼，熱情會立刻削減。」

「我有什麼好介意的呢？」

「或許閣下讀了太多彌撒書之後神智錯亂而瘋癲了，您開始以爲自己正在穿越世間這座黑暗深谷，打算解救所有被救世主遺棄在迷航大船上的芸芸眾生。」

柯瑞理在胸前劃了十字，微笑時露出了他那兩排犬齒般的尖牙。

「阿們！」他說。

塞萬提斯站了起來，行禮致意之後，打算就此離去。

「與您相談非常愉快，親愛的大天使，不過，與其身處在這樣的環境下，我寧可選擇閃電打雷，並享受暴風雨中的平靜。」

柯瑞理嘆了口氣。

「您先聽聽我的提議吧！」

塞萬提斯緩緩走向出口。前方的大教堂大門正逐漸關上。

「這種把戲，我已經見識過了。」

柯瑞理正在門檻的陰暗處等著他，整個人深陷在陰影中。唯一可見的只有那雙眼睛，在燭光映照下炯炯發亮。

「您曾經痛失最愛或是您認定的最愛，以此換來創造傑作的可能性。」

「我根本就別無選擇。是您騙了我！」

「選擇權始終都在您手上啊！朋友，這一點，您自己也知道。」

「把門打開！」

「大門是開著的。您高興什麼時候出去都可以。」

塞萬提斯伸手推開了大門。強風和豪雨噴灑在他臉上。跨出門外前，他遲疑了半晌，這時候，柯瑞理的聲音在黑暗中竄到他耳畔低語著。

「我一直很想念您啊！塞萬提斯。我的提議很簡單：重拾您拋棄已久的筆，再次攤開您早該填滿文字的紙張。讓您的不朽鉅作復活吧！請讓唐吉訶德和他那位忠心耿耿的隨從結束冒險行程，好讓您眼前這位可憐的讀者從中得到樂趣和慰藉，因爲您已經讓他變成了被才智和創新遺棄的孤兒。」

「故事已經結束了，那位鄉紳已經入土安葬，我已經沒什麼好說了。」

「您就爲我而寫吧！作爲回報，我會把您的最愛還給您。」

塞萬提斯在大教堂門口，望著這場席捲全城的恐怖暴風雨。

「您保證一定做到？」

「我發誓！在此有天父和上帝見證。」

「您這次要耍什麼花招？」

「這次不耍花招。這一次，爲了換取您的創作之美，我將爲您送上您最渴望的東西。」

就這樣，老作家不再多言，逕自迎著風雨走向他的命運之路。

巴塞隆納，一六一六年

那個最後一夜，在巴塞隆納的星空下，老森貝雷和安瑞亞斯．柯瑞理隨著喪葬隊伍走過城中狹窄的街巷，一行人將前往森貝雷家族墓地。許多年前，有三位好友曾在此祕密安葬了芙蘭綺思嘉．狄帕瑪的遺體。篷車在火炬的光芒映照下悄然前進，人們則伴隨在側。他們走過了錯綜複雜的巷弄和廣場之後，來到了鋒利長矛式欄杆圍起的一小片墓地。篷車在墓園門口停了下來。護送篷車的兩名騎兵跳下馬來，並在車夫的協助之下，卸下了棺木，而這口棺木上並無任何銘刻或記號。森貝雷打開了墓園大門，隨即讓他們進入。月光下，他們將棺木抬到一處挖好的墓穴旁，然後把它安放在地上。在柯瑞理示意之下，隨從們紛紛退到墓園大門口守候，留下森貝雷和柯瑞理兩人獨處。這時候，欄杆外傳來腳步聲，森貝雷回頭一望，隨即認出了老桑丘的身影，他特地前來向老友告別。柯瑞理點頭應允，於是隨從們讓他進入。三人站在棺木前，此時，桑丘突然跪倒在地，並親吻了棺木蓋子。

「我想跟他說幾句話。」他低聲咕噥著。

「您說吧！」柯瑞理隨口應允。

「願上帝以無限的榮耀賜福給這位偉大的人物和一生良友。如果，在這樣場合之下，上帝必須將任務委派給備受爭議的階級，那麼，對於有幸陪伴他的朋友們來說，這是何等榮幸和鼓舞，可以陪著他走完前往天堂的最後一程，但願他的不朽靈魂不會因爲一位暗黑天使的詭計而誤入硫磺和火焰充斥的迷途中，但願他一直在天堂活著，如此一來，我將親自備妥盔甲和長矛，並擬好許多計畫和策略，我將前去拯救他免於陰界守靈者對他施加的任何邪惡手段。」

柯瑞理一臉陰冷的神情望著他。桑丘其實心驚膽跳，但還是勇敢直視他的目光。

「說完了嗎？」柯瑞理問道。

桑丘點頭回應，同時緊握雙手，藉此掩飾內心的驚恐。森貝雷抬頭向柯瑞理拋出了一個詢問的眼神。這位主編走近棺木旁，接著，在眾人的訝異和驚慌之下，他冷不防地打開了棺木。

塞萬提斯的遺體躺在棺木裡，身上穿的是方濟會的服裝，臉部並無任何遮蓋。他睜著雙眼，雙手放在胸前。柯瑞理抬起塞萬提斯的一隻手，並將隨身帶來的一本書放置在他手掌下面。

「我的朋友，我把這本書還給您，您創作的最偉大寓言作品中，這是非凡卓越的完結作，也是您爲這位謙卑的讀者而寫的第三部，而他也知道，人類永遠配不上如此崇高的文學之美。因此，我們將它與您一起同葬，讓您帶著它去見多年來一直等待著您的那個人，無論您自知與否，您始終期望與她一起歸返。如今，您最大的渴望、您的命運和您最終的回報都實現了。」

語畢，柯瑞理蓋上棺木。

「此地躺著芙蘭綺思嘉·狄帕瑪，一個純潔的靈魂，以及米格爾·德·塞萬提斯，詩人間的一道明光，凡人中的落魄乞丐和來自帕爾納索斯山的王子。他們將在書籍和文字相伴下永眠於此，不受世間凡夫的驚擾，而且無人知悉此地。但願，此地永遠是個祕密，一個沒有人知道起源和終結的謎團。但願，這位從未踏上世界土地的偉大敘述者的靈魂在此永遠生生不息。」

多年後，臨終前的老森貝雷非得重申事實，那一刻，他確實看見了安瑞亞斯・柯瑞理眼角泛淚，當淚水滴在塞萬提斯墳墓上時，頓時凝結成一顆石頭。當時，他已有所悟解，在那顆石頭上將會建造起一座殿堂，一座收藏了思想、創新、文字和奇蹟的墳墓，這座墳墓將在帕爾納索斯王子的骨灰上方逐漸茁壯，總有一天，這裡會容納大量書籍，所有遭受人類無知和惡意迫害或蔑視的作品，終將在此等待，直到再次受到讀者青睞。

「塞萬提斯老友！」告別時刻，他這樣說道。「歡迎光臨遺忘書之墓！」

這個故事只是簡單的消遣之作，涉及的是這位偉大作家一生中較不為人熟知且少人研究的元素，具體而言，即是他在青年時期的義大利之旅，以及他在巴塞隆納城停留的歲月，也是他唯一反覆在作品中提及之事。

有別於他那位受人敬愛的同輩文豪洛佩・德・維加，年紀輕輕即已功成名就，塞萬提斯成名甚晚，而且得到的報酬和認同少得可憐。米格爾・德・塞萬提斯・薩維德拉生命中的最後幾年，意外卻成了文學生涯中最豐盛的時期。

《拉曼卻的唐吉訶德》（*Don Quijote de la Mancha*）第一部在一六〇五年問世，堪稱是文學史上最著名的作品，也是現代小說的先驅，這部作品出版後，迎來一段相對平靜並普受認同的時期，讓他得以在一六一三年出版《訓誡小說集》（*Novelas ejemplares*），並在隔年出版《帕爾納索斯山之旅》（*Viaje del Parnaso*）。

一六一五年，《唐吉訶德》第二部問世。隔年，米格爾・德・塞萬提斯在馬德里辭世。多年來，人們一直認為，他被安葬在「赤足三位一體修道院」（Convento de las Trinitarias Descalzas）。

沒有任何資料顯示塞萬提斯曾寫下他這部超凡巨作的第三部。
直至今日，世人仍無從確知他真正的安葬之處。

聖誕傳奇

曾經，近晚的巴塞隆納街道暈染了煤氣燈的昏黃微光；到了黎明時刻，城市卻在煙囪叢林間甦醒，漫天黑煙遮蔽了腥紅色朝霞晴空。當時的巴塞隆納，像極了一座座教堂和宅邸構築的懸崖，錯落其間的街巷和隧道交織成一座迷宮，揮之不去的灰霾懸浮其上，卻有一座高塔突破霧霾，大教堂式的建築風格，哥德式尖塔，妝點著滴水嘴獸和圓花窗，最高樓層住著全城首富，律師艾維里·埃斯克魯茨。

每到夜晚，他的身影總會出現在閣樓金框大窗後方，定睛注視著他腳下的城市，宛如面容陰鬱的哨兵。埃斯克魯茨年紀輕輕即已致富，辯護的客戶包括頂級殺手、在拉丁美洲暴富的金融家，或是新崛起的機械和織布廠工業界的企業家們。據說，巴塞隆納最有權勢的百戶豪門支付他超出行情的年費，就爲了能聽聽他的建議，而且，所有政客和有意問鼎領袖大位者，莫不排隊等著登上高塔頂樓的辦公室去拜見他。據說，他從未闔眼，每晚熬夜，總是在落地窗前緊盯著巴塞隆納。特別是在三十三年前妻子去世後，他從此未再踏出高塔一步。喪妻之痛讓他心靈飽受重創，因此憎恨世間一切和所有的人，他一心只想看著這個世界慢慢毀於自身的貪婪和吝嗇。

埃斯克魯茨既無朋友，亦無親信。他在高塔頂樓的生活，唯一相伴的就是坎黛拉，一個盲眼女僕，有些人不留口德，暗指她是女巫化身，經常在舊城區街頭巷尾遊竄，拿著糖果誘惑那些後來未曾再出現過的貧苦孩童。這位名律師唯一爲人所知的熱愛，除了這位女僕與其祕術之外，就是西洋棋了。每逢聖誕，就在平安夜那天，埃斯克魯茨律師總會邀請一位巴塞隆納市民和他在高塔閣樓對弈。他以珍饈美食宴請來客，並搭配夢幻的頂級美酒。午夜時刻一到，傳來大教堂敲起的鐘聲，這時候，埃斯克魯茨會端上兩杯苦艾酒，並和訪客開始一場西洋棋賽。如果挑戰者贏了棋局，律師承諾將送上他所有財富和資產。但若訪客挑戰失敗，他必須簽下一紙合約，根據其中條文，律師將成爲他唯一的主人以及永恆的靈魂操控者。每年的平安夜皆如是。

盲眼女僕坎黛拉搭乘律師的黑色馬車穿梭在巴塞隆納街道中，四處尋覓著新的西洋棋對手。乞丐或銀行家，殺人犯或詩人，一概不拘。棋賽持續到聖誕節當日清晨。當血紅色朝陽劃破黑夜，晨光遍灑在哥德區覆雪的屋宇上，此時，一如往常，對手自知已在這場棋局中吃了敗仗。落敗的對手帶著簽下的合約走在寒冷的街道中，而律師則拿出一個翡翠色的玻璃罐，並在罐上寫了落敗者名字，然後存放在保存了數十個相同玻璃罐的櫥櫃裡。

坊間盛傳，那一年的聖誕節，也是他漫長人生中的最後一次過節，埃斯克魯茨照樣差遣白眼黑唇的坎黛拉上街尋覓下一任受害者。一場暴風雪正朝著巴塞隆納席捲而來，結了冰的簷口和屋頂彷彿鍍了一層鎳。成群的蝙蝠在大教堂的尖塔群間振翅飛起，一輪圓月，彷彿燒紅的銅盤，月光在巷弄間暈染開來。拖拉著馬車的黑色駿馬突然在主教街停了下來，結了霜的氣息仍驚魂未定。黑暗中浮現一個身影，身著拖曳的雪白婚紗，手執一束紅玫瑰。坎黛拉對她散發的清香陶醉不已，便邀她上了馬車。她想撫摸女孩的臉龐，但摸到的卻是凍結的冰，以及沾了膽汁的雙唇。她帶著女孩進入高塔，當時高塔就矗立在亞維儂街旁的古老墓地遺址。

人們還說，律師埃斯克魯茨見到女孩時，一時啞然，隨即要求坎黛拉退下。最後一個平安夜的受邀女客掀起了頭紗，帶著蒼老靈魂和淒苦眼神的律師埃斯克魯茨，以爲自己看到的是已逝妻子的臉龐。女孩的臉龐閃耀著白瓷和胭脂般的光采，當埃斯克魯茨問起她的芳名時，她只是微笑以對。過了半晌，屋外傳來午夜鐘聲，棋賽正式開始。後來，人們說當時的律師已身心俱疲，打定主意放棄這場棋賽，倒是因妒生恨的坎黛拉氣不過，放火燒了高塔，火勢熾烈，將巴塞隆納黎明的天空染成了一片紫紅。聖若梅廣場上，幾個圍在篝火旁的孩子們則信誓旦旦，火舌從落地窗竄出之前，他們看到律師埃斯克魯茨走到裝飾了雪花石膏天使雕像的欄杆旁，並凌空打開了一個個翡翠色玻璃罐，釋放了罐內的蒸氣羽毛，消失後的羽毛化成了整座巴塞隆納屋宇上的淚珠。火舌逐漸進逼塔頂，此時出現律師埃斯克魯茨緊擁著浴火新娘的最後身影，他們從塔頂縱身跳下，落地粉身碎骨之前，軀體已先化成了煙灰，隨風而去。拂曉時刻，高塔倒塌，彷彿一具影子骨架堆疊在自己身上。

傳說已近尾聲，高塔倒塌後，不過數日工夫，沉默和遺忘已聯手將律師埃斯克魯茨從城市紀事中抹滅。詩人們以及心靈純淨的人們至今仍堅信，當人們在平安夜仰望天際時，將在午夜的天際看見陷入火海的高塔，以及律師埃斯克魯茨，淚流滿面，滿懷悔恨，正在打開他收集的第一個翡翠色罐子，裡面裝的是他自己的名字。但是，也有人堅稱，在那個悲慘的清晨，許多人進入高塔廢墟，只爲了帶走一片還冒著煙的殘骸，他們還說，舊城區的陰影中仍可聽聞坎黛拉的馬車聲，總是在黑暗中，尋尋覓覓下一位候選人。

黎明時刻的愛麗西雅

我最後一次見到她的那棟房子已經不在了。如今，這個地方矗立著一幢令人眼花撩亂的建築物，並且遮蔽了大半個天空。然而，即使到了今天，每當我經過那裡時，總會憶起一九三八年那個悲慘的聖誕時期，就在電車和豪宅大院錯綜交織的蒙塔涅街上發生的事。

當時，我還不到十三歲，在伊麗莎白街上的一家當鋪裡當跑腿小弟，每個禮拜能賺個幾毛錢。當鋪主人名叫歐東．尤菲力，一一五公斤的身軀裡裝的盡是吝嗇和猜疑，他經營這家只收五金零件的小鋪，天天抱怨可悲孤兒呼吸過的空氣骯髒混濁，這個孤兒是成千上萬抗戰者其中之一，而他卻未曾好好叫過他的名字。

「小鬼！你又來了……快去把那盞電燈關掉！現在不是奢侈浪費的時候。你要看什麼就用蠟燭吧！正好可以刺激視網膜。」

這就是我們的日常，偶爾傳來正逼近巴塞隆納的國民陣線真假不明的相關訊息，或是關於中國城街頭槍戰和謀殺的謠傳，還有空戰將臨的警笛聲。那是一九三八年十二月如常的一日，街道上點綴著白雪和煙灰。那天，我看到了她。

她一身白衣，而她的身影彷彿鑲嵌在薄霧瀰漫的街道中。她走進店裡，昏暗的店內只有櫥窗曳入的微光，她逕自駐足在長方形的櫃檯前，雙手捧著一包黑色天鵝絨包裹的東西，接著，她一言不發地在櫃檯上把那包東西打開。一串珍珠和藍寶石項鍊在昏暗中璀璨閃耀。歐東先生拿起放大鏡，仔細檢視了那串項鍊。我從店鋪工作間的門縫裡窺見了這一幕。

「這個東西還不錯啦！但是這種時局，沒有人會看上這種奢侈品的，小姐！這樣吧！我給您五十枚杜羅銅板，就當是做賠本生意吧！但是，今天是平安夜，任何人都不可能鐵石心腸啦！」

女孩重新把天鵝絨布巾包好，眼睛眨都不眨一下，隨即走出店門。

「小鬼！」歐東先生扯著嗓子咆哮。「去跟蹤她！」

「那條項鍊起碼值一千枚杜羅吧！」我連忙發表意見。

「兩千！」歐東先生糾正我。「所以，我們絕對不能讓這頭肥羊從手中溜走！你跟著她回家，確定她這一路不會碰到偷拐搶騙的壞人。她會回來找我的，所有的人都一樣。」

當我來到街上時，女孩的足跡已覆上一層薄雪。我尾隨著她，在街道巷弄中，在這座被炸彈和悲慘掏空的建築物交織的迷宮裡，我穿梭其中，直到前方出現麥秸交易廣場，在那裡，我幾乎錯失了她踏上電車那一幕，那輛電車隨即朝著蒙塔涅街揚長而去。我一路追著電車奔跑，總算蹬上了車尾。

就這樣，我們沿街前進，黑色鐵軌在暴風雪下的雪白世界開出一條路徑，此時，暮色漸濃，天際已染上一片腥紅。到了橫越恩寵大道的路口時，我凍得連骨頭都痛了。我打算棄守這項任務，就在我正忙著編造謊言好用來敷衍歐東先生時，我看見她下了電車，並朝著一幢大宅院的大門口走去。我隨即跳下電車，連忙跑到一旁的角落藏身。女孩穿越了花園的柵欄門。透過柵欄鐵條間隙，我看著女孩走進環繞宅邸的樹林裡。她在階梯口停下腳步，然後回眸一望。我眞想拔腿就跑，但是冰冷的寒風已經奪走了我所有的意志力。女孩面帶微笑朝著我張望，並對我伸出手來。我立刻恍然大悟，她把我當成了乞丐。

「過來吧！」她說道。

當我跟著她穿越幽暗的寬敞大屋時，天色已經暗了。一道微光映出了周遭景象。散落一地的書籍，破舊的窗簾，彰顯出毀損的家具、帶有割痕的畫作，以及散布牆上那些彷彿彈痕似的污漬。我們來到寬敞的客廳裡，屋裡保存了大量充滿孤寂感的老照片。女孩在角落的壁爐前跪了下來，接著，她用舊報紙和殘存的破損椅子生火。我把身子挪近火爐旁，並接下她遞過來的一杯熱酒。她在我身旁跪了下來，空茫的眼神迷失在爐火中。她告訴我，她名叫愛麗西雅。女孩擁有白嫩的十七歲肌膚，但那悲沉且看不出年紀的蒼老眼神卻背叛了她的青春，我探問那些老照片裡的是否都是她的家人，她卻一語不發。

我不禁自忖，她在那裡住了多久？孤獨一人，身上穿著縫線已經脫落的雪白洋裝，躲在這棟大宅邸，只能賤賣珠寶過日子。她把黑色天鵝絨布包放在壁爐上方的架子上。每當她傾身去攪弄爐火時，我總忍不住偷看一下那包東西，並想像著裡面那條項鍊。幾個鐘頭過去了，我們在壁爐邊默默相擁，聆聽著午夜鐘聲，我告訴自己，母親應該也是這樣抱著我的吧！但願我還記得她的模樣……爐火逐漸微弱，我順手拿了一本書要往火裡丟，但愛麗西雅卻把書拿了過去，並開始大聲朗讀起來，直到我倆皆被睡意征服。

臨近拂曉時刻，我掙脫了她的懷抱，離開了那座宅邸，我在黑暗中奔向大門，手上緊抓著項鍊，心跳又急又快。那個聖誕節的前幾個鐘頭，我和口袋裡價值兩千枚杜羅的珍珠藍寶石項鍊一起度過，暗自詛咒著充斥積雪和憤怒的街道，也怨嘆著那些在戰火中拋棄我的人，直到奄奄一息的太陽在霧中露出一絲微光，我決定重返大宅邸，拖著那串沉重如石塊的項鍊，幾乎讓我喘不過氣來，我只想趕快找到仍在沉睡中的她，永遠安詳沉睡的她，我只想把項鍊放回爐火上方的架子，然後安然逃脫，如此一來，我將永遠無須回憶她的眼神和她溫柔的嗓音，以及我此生僅此所識的純潔觸感。

大門仍是敞開的，屋頂裂縫撒入珠光般的天光。我看見她躺在地板上，雙手仍抓著那本書，結了霜的雙唇，冰塊似的慘白面容上掛著睜開的雙眼，臉頰上凝結著血色的淚珠，陣陣寒風從敞開的落地窗鑽了進來，漸漸地，她被埋入了白粉般的細雪裡。我把項鍊放在她胸口，隨即逃到大街上，混入城市的人牆裡，我把自己藏在人群的沉默裡，時時迴避著映在櫥窗裡的自己，就怕眼中所見是個陌生人。

不久後，聖誕鐘聲已然歇止，警笛聲再度響起，一群黑色天使在巴塞隆納腥紅色的天際四散飛舞，張狂地投下密集如柱卻永遠不會觸地的炸彈。

灰衣男子

他從未跟我提起過自己的名字，我也始終沒問過這件事。他已經在等我，一如往常，就在麗池公園❶裡，頂著冬雨的一排光禿禿的菩提樹下，一樣是在那張舊長椅上。墨黑的鏡片遮蔽了他的目光。他的臉上堆著微笑。我在長椅的另一端坐了下來。這個傳話人遞了一個信封給我，我隨手收了起來，並未打開。

「您不打算數一數嗎？」

我搖頭回應。

「您最好看一下啦！這次的數目是平常的三倍。狀況比較複雜，行程需要跑得遠一點。」

「這次在哪裡？」

「巴塞隆納。」

「我不接巴塞隆納的案子。這一點，您清楚得很。您把這個案子交給桑納布利亞吧！」

---

❶ Parque del Buen Retiro，西班牙首都馬德里市中心裡最大的公園。

「我們已經試過了，但是有點問題。」

我掏出裝著現金的信封，然後遞回去。

「巴塞隆納的案子我不接。這件事情，您清楚得很。」

「您不想問我這次的客戶是誰嗎？」

他的笑容溢流著陰險毒液。

「所有資料都在信封裡。今天晚上的火車票，上面寫了您的名字，寄存在阿托查車站的行李寄放處。部長先生要我轉達他個人最誠摯的謝意。他永遠不會忘記您這份人情的。」

戴著墨鏡的傳話人隨即起身，微微鞠躬致意之後，邁步走向雨中。三年來，我們一直在這座公園的同一個角落碰面，總是在清晨時刻，從未聊過工作之外的內容。我看著他戴上黑色皮手套。他的雙手像蜘蛛似的肆意伸張。他意識到我專注的眼神，隨即停下腳步。

「有什麼問題嗎？」

「純粹是好奇。您的朋友們如果問起您從事什麼行業，您是怎麼回答的？」

他面露微笑，那張殭屍似的面容恰與仿如裹屍布的風衣融成一體。

「清潔服務業。我告訴他們，我做的是清潔工作。」

我點了點頭。

「您呢？」他問。「您都怎麼跟他們說？」

「我沒有朋友。」

我沿著月台往前走，準備搭乘一九四九年一月九日午夜開往巴塞隆納的夜行火車，此時，寒涼的夜霧正在阿托查車站拱頂上攀爬纏綿著。部長先生盛情可期，送給我的是頭等車票，唯我獨享的單人包廂附上了天鵝絨似的細緻隱私。即使在這樣的亂世，這些專業人士仍不忘應有的禮儀。火車在黑暗中拖著一團蒸氣向前滑行，未幾，這座城市消失在一盞盞幽微燈火和荒蕪鄉野間。直到此時，我總算打開了那個信封，並抽出信封內摺疊工整的十六開紙張，紙上是以一個半空格間距打字的藍色墨水字跡。讓我頗感驚訝的是，信封裡居然找不到任何一張照片。我不禁納悶，客戶的唯一那張照片是否已經交給桑納布利亞。我讀了幾行資料就已經確定，這次委託無須附上照片。

我關掉包廂裡的電燈，竟夜毫無睡意，直到地平線上染上一抹腥紅色曙光，蒙居克山的剪影在遠方逐漸浮現。三年前，我曾經發誓，絕不再重返巴塞隆納。我帶著被毒害的靈魂逃離了故鄉。周遭盡是鬼魅般的工廠叢林和硫磺似的濃霧，沒多久，這座城市把我們吞入一條瀰漫著煤炭味和詛咒氣息的隧道裡。我打開手提箱，並著手在左輪手槍彈匣裡裝滿子彈，當年，我跟著桑納布利亞在唐人街當學徒的時候，他教會我這項本事。九釐米子彈，彈頭挖空，如此才能在扣扳機時打開火熱的金屬顎，製造出拳頭大的傷口。下了火車，眼前是法國車站雄偉恢弘的鋼鐵殿堂，迎面而來是一陣濕冷的寒風。我差點兒忘了這座城市仍充斥著火藥味。我啓程前往萊耶塔納爾大道，濕冷的清晨微光中，空中飄浮著粉狀細雪織成的紗幕。街車在一片白毯中開路前行，妝點暗紫街道的閃爍路燈，吐著泛白氣息，一身灰暗、面無表情的人們在燈下徘徊著。穿越了皇宮廣場後，我進入海上聖母教堂周邊的街巷網絡。空襲造成的大部分廢墟至今仍未整修。曾遭轟炸的建築物內部——餐廳、臥室和浴室已不見人影，一旁堆著如山的瓦礫，那是煤炭黑市商人和見不得人的破碎面孔最好的棲身之處。

到了銀匠街底，我不禁駐足觀望自己從小住過的屋舍殘跡。大火燒過的牆面，以及與鄰戶相連的牆壁，幾乎已不復存在。轟炸延燒的痕跡仍清晰可見，當時，炸彈穿透地板，火舌從樓梯間和天窗直撲而下。我走近大門口，憶起了一九一三年夏夜，就在門楣下，我獻出初吻的那個女孩。她名叫梅雀，住在三樓之一，她那個雙眼失明的母親，始終看我不順眼。梅雀終生未嫁。後來有人告訴我，在一次空襲轟炸中，有人看到她從陽台被炸飛出去，一絲不掛的她，全身被火焰包圍，千百個火熱的玻璃碎片穿透了她的身軀。在我背後，僅一步之距，有些許動靜把我拉回了現實。我轉身回頭一看，發現了一個煙灰色的身影，乍看之下，簡直就是墨鏡傳話人的分身。我幾乎無法分辨兩人之間的差異。兩人的眼神和神態同樣流露著腐肉氣息。

「喂！身分證拿出來！」那人一副高高在上的姿態。

我已警覺到幾雙掃視的眼神，以及好幾個瘦削身影的疾行步伐。我默默觀察著那位祕密警察隊的特工。我估計他大約四十開外的年紀，七十公斤左右，肩膀厚實。黑色圍巾繞頸，露出了幾公分縫隙，脖子依稀可見。只要一個箭步，加上快速俐落的一刀，我可以在一秒內切開他的氣管和喉嚨，然後看著他無聲無息地倒下，不過彈指間的功夫，他的生命就會在我腳下汙穢的雪地上終結。像他這樣的人，家有妻小，而我，另有要務在身。我送上親切的笑容，外加部長蓋了章的文件。他的傲慢神情頓時消失，顫抖的雙手捧著文件還給我。

「實在很抱歉啊！長官，我不知道……」

「快滾吧！」

這名特工頻頻點頭，隨即從方才出現的角落裡火速消失了。在我身後的聖母教堂響起了鐘聲，而我繼續迎著飄雪走向費南多街，於是，在那個冬日清晨簇擁的灰衣人潮裡，我也成了其中一員。有個人，在我背後大約二十公尺處，從法國車站就開始偷偷跟蹤我，大概以爲我尚未發現他的存在。我讓自己隱沒在煙灰色的無名人海中，混入其中的有殺人兇手、職業殺手或單純的業餘殺手，全都打扮成會計師或見習生的模樣，接著，我穿越了蘭巴拉大道，繼續走向東方酒店。一位身著制服、訓練有素的門房，端著一雙空茫的眼神畢恭畢敬地替我開了門。酒店仍保有其沉船前的末世氛圍。櫃檯接待人員立刻認出我來，臉上堆滿了笑。餐廳玻璃門縫間流洩著走調的鋼琴樂音。

「先生要住的是四〇六號房吧？」

「如果方便的話。」

我在入住登記表格上簽了名，接待員朝著行李小弟使了個眼神，要他接下我的手提箱，並陪我走到入住的房間。

「我認得路，謝謝！」

接待員拋出的犀利目光讓行李小弟立刻閃開了。

「先生若有需要我們服務的地方，請儘管告訴我們，我們會盡全力讓您在巴塞隆納有最愉快的時光。」

「照平常那樣就可以了。」我特別交代。

「是的，先生。打擾您了，非常抱歉！」

我走到電梯口時，特意停下腳步。接待員仍站在原位，臉上帶著僵硬的笑容。

「桑納布利亞先生住在酒店裡嗎？」

他的面容神清幾乎沒什麼變化，但對我而言已經足夠。

「桑納布利亞先生已經好一陣子沒來光臨我們酒店啦！」

四〇六號房懸在蘭巴拉大道上方，五樓的高度具備了天堂般的景致，足以凌空俯瞰已消失的城市幽靈，讓我不得不憶起戰前的歲月。尾隨我的幽影就在樓下等著，此刻正蹲伏在一家報攤的遮棚下。我放下百葉窗，只留了一道珠白微光在房裡，接著，我倒臥在床上。城市的噪音穿牆而入。我拿出手提箱裡的左輪手槍，手指擺在扳機上，雙手交叉放在胸口，閉目養神。我陷入了可怕難纏的夢境裡。數小時或數分鐘後，濕潤的雙唇輕吻著我的眼瞼，把我從夢中驚醒。康黛拉溫熱的嬌軀在床上伸展著，她那輕如雲霧的手指正褪下我的衣服，那蜜糖似的白皙肌膚，彷彿點亮的夜燈光芒。

「好久不見啊！」她低語著，同時接下我手中的左輪手槍，然後放在床頭小桌上。「只要你願意，我可以整晚都待在這裡喔！」

「我還有工作。」

「但是你也應該要留點時間給你的康黛拉呀！」

三年不見，並未抹卻我的雙手對康黛拉肉體的記憶。全新的時代和高級旅館的復甦，對她來說是再好不過了。她的酥胸散發著昂貴香水的味道，套上了巴黎來的絲襪，我感受到那雙蒼白的大腿更緊實了。耐性加上專業，康黛拉總能完全配合，直到滿足了我對她的肉體渴望之後，我逕自躺臥一旁。我聽到她踱步走向浴室，並打開了水龍頭。我坐起身來，並伸手掏了手提箱裡那個裝著現金的信封。我將折好的鈔票放在五斗櫃上，金額是平常價錢的三倍。我躺在床上，看著康黛拉走向落地窗，接著打開了邊門。雪花落在玻璃窗上，斑斑雪影映在她赤裸的身軀上。

「你在做什麼？」

「我就喜歡盯著妳看啊！」

「你不打算問我他在哪裡嗎？」

「難道妳真的會告訴我？」

她轉過身來，並在床尾坐了下來。

「我不知道他的下落。我沒見過他。真的！」

我只能點頭回應。康黛拉的目光移往五斗櫃上的鈔票。

「你這幾年混得還不錯嘛！」她說道。

「我沒什麼好抱怨的了。」

我開始把穿衣整裝。

「你只待那麼一會兒就要走了？」

我並未回應她的質問。

「你付的這些錢，夠你享受一整晚的服務呢！有需要的話，我可以等你的。」

「我恐怕會耽擱一段時間，康黛拉。」

「我反正也不趕時間啊！」

一九一七年的某天晚上，我認識了羅貝多．桑納布利亞。整座城市被八月的氤氳和憤怒摧折得氣力盡失。那天凌晨，社區裡不時傳來槍聲，就像每天夜裡一樣。我下樓到波恩大道的噴泉提水。突然傳來一陣槍響，我嚇得趕緊跑到蒙卡達街上一棟建築的門廊裡躲起來。桑納布利亞躺在一灘黑色的水窪裡，而那片黏稠液體漸漸從我腳邊漫流，一直流到兩排老舊建築之間那條窄巷入口，有些人把這條窄巷稱爲「蚊子巷」。他手上握著仍在冒煙的左輪手槍。我走近他身旁時，他對我露出微笑，嘴角淌著鮮血。

「沒事的，孩子，我這條命比九命怪貓還硬哩！」

我扶著他站起來，接著，我攙扶著他那副頗具份量的身軀，陪他走到老浴場街上一座門廊前，接待我們的是個陰陽怪氣、皮膚浮著鱗片的老婦。桑納布利亞腹部中了兩槍，因爲失血過多而面色蠟白，然而，即使那個一身麝香味的庸醫正以白醋和酒精清洗傷口時，他也不吝對我面露微笑。

「我欠你一條命啊！孩子……」他拋下這句話，隨後即銷聲匿跡。

那天晚上，以及後來的許多次駁火槍戰中，桑納布利亞一次又一次逃過劫數。那個時期，巴塞隆納報紙總是充斥著人們在街頭被槍殺的犯罪新聞。僱傭殺手工會聲勢迅速崛起。一如往常，生命依舊一文不值，但死亡從未如此廉價。成年後，引我進入這一行的人，正是桑納布利亞。

「至少，你不必像你老爸那樣，一輩子到死都在當臨時工吧！」

他說，殺戮有其必要，但殺人則是一門藝術。他偏愛的工具是左輪手槍，以及鬥牛士上場時用來快速俐落割下牛耳的彎曲短刀。桑納布利亞教我，槍殺一個人只需要瞄準臉部和胸部，並盡量把距離縮短在兩公尺之內。他是個有原則的職業殺手，不對女人和老人動手。就像許多殺手一樣，他在摩洛哥的戰場上學會了殺戮。回到巴塞隆納之後，他加入「伊比利無政府主義聯盟」（FAI）槍手行列，從此開始職業生涯，但他很快就發現，買兇殺人的老闆們支付的酬勞更優厚，也不會有冠冕堂皇的理由玷汙這份工作。他喜歡歌舞雜耍和青樓女子，甚至以父執輩的嚴謹和學術精神灌輸我這兩項愛好。

「在這個世界，最眞實的莫過於一齣精采的歌舞雜耍表演或一個稱職的妓女。你對他們絕對不能有失尊重，永遠不要覺得自己比她們優秀。」

當年就是桑納布利亞把十七歲的康黛拉介紹給我的，她帶來了肌膚之親的新世界，當時，她正打算在豪華旅館界和省議會各個辦公室搶灘。

「永遠不要愛上沒有標價的人或東西。」桑納布利亞曾提出這樣的建議。

有一次，我問他總共殺了多少人。

「二〇六人。」他答道。「但是，更繁榮的時代就快來了。」

我的師父談起了戰爭，當時，空氣中瀰漫著一股宛如下水道堵塞的惡臭。一九三六年夏季來臨前不久，桑納布利亞告訴我，時代即將發生巨變，不久後，我們必須遠離巴塞隆納，因爲這座城市正被一根木樁直搗心臟而搖搖欲墜。

「死亡總是能招財，這股風潮轉移到馬德里去了。」他如是宣稱。「我們也在這股潮流的浪頭上。這只是遲早的問題罷了。」

眞正的榮景始於戰爭結束時。權力的途徑扭曲變形，成了全新的殺戮網絡，如同我師父的預測，百萬死者甚至未能滿足街頭對仇恨的渴望。巴塞隆納黑幫的舊勢力爲我們打開了幾扇大門。

「在公廁小便池做掉可憐的小嘍囉那種時代已經過去了。」桑納布利亞宣稱。「從現在開始，我們只爲特定的大客戶工作。」

榮景持續了近兩年。那些心思細膩且記憶力驚人的腦袋，總能列出一長串名單，全都是沒有資格再活下去的人。那些悲慘的可憐蟲，連呼吸的氣息都會汙染新時代的潔淨靈魂。數十個恐懼的靈魂藏匿在簡陋公寓裡，他們害怕白晝的光亮，從未察覺自己已是活著的死人。桑納布利亞教我別去理會他們的哀求、眼淚和嚎叫，在他們開口質問為什麼之前，冷不防地在兩眼之間一槍把頭轟爆。死亡戲碼上場的地點多在地鐵站、陰暗街道或被斷水斷電的小旅社。教授或詩人，軍人或知識分子，這些人，我們一眼就能辨認。有些人死時毫不畏懼，神色平靜，敏銳的目光緊盯著面前的謀殺者。我不記得他們的名字，也不記得他們生前究竟做了什麼，以致最後死在我手裡，但是，我始終記得他們的眼神。我很快就忘了自己殺了多少人，或許，我壓根兒就不想記得。桑納布利亞漸漸感受到年歲和傷疤對於這一行已嫌沉重，便開始讓我承接重要的大案子。

「我這一身老骨頭不中用啦！從現在開始，我只處理一些不會太費力的案子。長江後浪推前浪，這種自知之明必須要有。」

通常，我和戴墨鏡的傳話人每週碰面一次，每次都在麗池公園的同一張長椅上。每次都會有個信封和一個新客戶。進帳的錢持續存入奧多內街上一家銀行的帳戶裡。桑納布利亞唯一沒教我的是如何花用這筆錢，這些平滑的鈔票，散發著香氣，還上了漿，都是貨幣局剛出廠的新鈔。

「這些事情總有一天會結束吧？」我曾經這樣問他。

僅有這麼一次，傳話人摘下了墨鏡。他的雙眼和靈魂一樣灰暗，死氣沉沉，空茫無神。

「世上總是有人無法適應新時局。」

當我出門來到蘭巴拉大道時，天空依舊飄著雪。眼前一片尚未凝結的冰粉在微風中浮動著，閃爍的晶亮粉粒懸浮在氣息中。我繼續走到新街，這條街已成了一條黑暗隧道，兩旁盡是被世人遺忘的破舊舞廳，以及鬼魅般的音樂廳舞台，殊不知，不過才幾年前，這裡曾是燈紅酒綠、夜夜笙歌到天明的繁華世界。人行道上瀰漫著尿騷味和煤炭味。我轉進蘭開斯特街後，往前走到十三號門口。門前懸掛的兩盞老舊街燈，迷茫的燈光幾乎難以劃破夜幕，但已足夠讓人瞥見釘在入口處燒焦的木製布告欄上的海報。

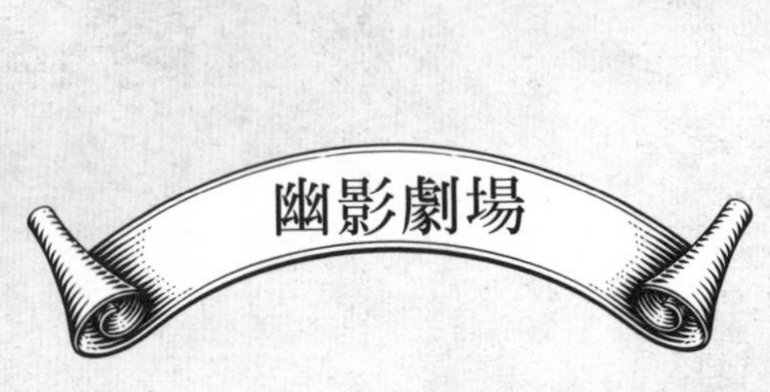

世界巡迴大獲成功，

將在巴塞隆納發表精采的全新鉅作，

由木偶和機器人領銜登場，

巴黎音樂廳巨星伊莎貝爾獨家神祕演出

激動人心的

《午夜天使之舞》。

每晚午夜十二點準時開演。

我握緊拳頭在門上敲了兩次，等候片刻，再次敲門。約莫過了一分鐘之後，我聽見大門內傳來腳步聲。橡木門板打開了數公分，門縫中隱約可見一位銀髮女子面容，一雙黑色眼瞳似乎溢出了眼眶。室內流曳出柔和的金色燈光。

「歡迎光臨幽影劇場！」她開口寒暄。

「我來找一位桑納布利亞先生。」我說。「我想，他應該在裡面等我。」

「您的朋友不在這裡，但是您可以進來，表演正好要開始了。」

我尾隨著這位女子走過一條狹窄通道，緊接著走下通往地下室的樓梯。大廳裡擺著十幾張空盪的桌子。牆上垂掛著黑色天鵝絨，座燈發出的光芒映出一片朦朧氛圍。幾位老主顧癱在大廳門檻旁的陰暗角落裡，在場除了一片被煙燻黑的鏡子築起的吧檯，剩下的就只有鉛灰色暗光籠罩下的鋼琴師專用樂池。垂墜的腥紅色布幔上繡著小丑木偶圖案。我選了大廳裡正對著舞台的其中一張桌子。桑納布利亞熱愛木偶戲。他常說，木偶總讓他想起腳踏實地的芸芸眾生。

「他們比妓女更踏實呢！」

酒保替我端來一杯酒，我猜大概是白蘭地，接著他便一聲不響地走掉了。我點燃一支菸，靜靜等著燈光暗下來。當周遭陷入一片漆黑時，腥紅色的布幔縐褶也漸漸撫平。一個末日天使角色，由幾條銀線懸吊著，在藍色氤氳中拍打著黑色雙翅，悠悠降臨舞台上。

火車開往巴塞隆納途中，我打開了裝著現鈔和相關資料的信封，看過了幾頁打字整齊的資料後，我知道，這次的客戶不會附上照片了。沒有這個必要。桑納布利亞和我遠離巴塞隆納那一夜，我的師父雙手鮮血淌流，血跡甚至潑灑在我的胸口，他以堅定的眼神注視著我，臉上依舊面帶笑容。

「我欠你一條命，以後一定還給你。咱們現在平安無事，但是，他們總有一天會找上我的。做這一行的，沒有人一直到最後還是客戶的座上賓。這一行的遊戲規則就是這樣。但是，輪到我的時候，大概也快了，我希望由你來處理。」

內政部提供的資料，一如往常，字裡行間另有訊息。桑納布利亞三個月前歸返巴塞隆納。他和整個圈子決裂早已有跡可循，當時，他放棄了幾份殺人的委託合同，並宣稱自己是無法無天的時代裡一個有原則的人。內政部犯下的第一個錯誤是企圖除掉他。第二個錯誤，更糟，除掉他的方式太粗糙。他們派去跟蹤他的第一個殺手，最後只剩下掛號信寄回來的一隻右手。對付桑納布利亞這種人，你可以殺掉他，但絕對不能侮辱他。他剛抵達巴塞隆納的那幾天，內政部暗殺網絡的爪牙一個個倒下。桑納布利亞晝伏夜出，再次以鋒利短刀重寫江湖傳奇。短短兩週內，他摧毀了巴塞隆納市的社會基本結構。三週之內，他開始在政府最重要——且最醒目——的各部門收穫傲人的勝利果實。在恐慌情緒蔓延之前，馬德里政權決定派出最強悍的手下和桑納布利亞談判。這位內政部高手目前已在第五區太平間的大理石碑之下安息，他喉嚨上如花綻放般的傷口，與終結曼努爾·希梅聶斯·薩加多中將性命的刀法如出一轍，這位軍政府的閃亮明星，曾是首都各部會的熱門接班人。於是，他們找上了我。那份資料將目前的狀況描述爲「一場根本性的危機」。根據內政部的說法，桑納布利亞決定單獨行動，並投身巴塞隆納黑幫社會，將針對政府軍法要員採取個人報復行動。這份報告也提到，對付這場陰謀，必須「不惜一切代價將其斬草除根」。

「我老早就在等你了。」我的師父在陰暗中低語。即使上了年紀，這個老殺手還是有辦法神不知鬼不覺地摸黑溜進來，高超本事一如當年巔峰時期。他面帶微笑望著我。

「你看起來氣色不錯啊！」我說道。

桑納布利亞聳聳肩，隨即示意要我把視線轉往舞台，一具敞開的漆木石棺裡出現了機器人表演界的明星，伊莎貝爾夫人及其《午夜天使之舞》。那些眞人尺寸的木偶，表情栩栩如生，做出的一舉一動皆具催眠效果。在閃亮的絲線支撐下，伊莎貝爾在舞台上扭動著舞步，並忙著捕捉鋼琴師飛舞的音符。

「我每天晚上都來看她。」桑納布利亞低聲說道。

「他們不會讓事情繼續這樣下去的，羅貝多。就算不是我，他們也會找上別人。」

「我知道。我很高興他們找的人是你。」

我們緊盯著木偶舞蹈數秒鐘，並爲它特殊舞步的奇詭美感而陶醉。

「操縱絲線的人是誰？」我問道。

桑納布利亞只是微笑以對。

黎明將至，我們一起離開了幽影劇場。我們倆沿著蘭巴拉大道往下走到港口碼頭邊，眼前出現晨霧中的一座桅杆墓園。桑納布利亞希望最後能再次看海，即使只是發出惡臭的黝黑海潮一次次舔著海堤的階梯。一抹琥珀色的朝陽橫亙天際，此時，桑納布利亞終於點了頭，接著，我們一同前往他在聖母城門附近一家三流紅燈戶裡租下的客房。桑納布利亞一向覺得和妓女們在一起最安全。那間客房只是一間又濕又暗的陋室，沒有窗戶，一盞光禿禿的燈泡下，微光隱隱浮動著。一張沒鋪床單的床墊靠牆擺放著，外加幾個酒瓶和骯髒的玻璃杯，這就是房裡所有的陳設了。

「總有一天他們也會拿你開刀的。」桑納布利亞說道。

我們相視無語，接著，我二話不說，上前抱住了他。他已是年邁又疲憊的老人。

「替我向康黛拉道別吧！」

我關上他的房門後，隨即沿著狹窄走道往外走，走道兩側的牆壁早已斑駁發霉。數秒鐘之後，一聲槍響貫透整條走道。我聽見軀體倒臥在地的聲響，於是，我火速走下樓梯。有個老妓女淚眼婆娑地從樓下的樓梯間門縫望著我。

在這座城市裡被詛咒的街道上，我漫無目標地遊蕩了數小時，然後才回到酒店裡。當我走過大廳時，忙著住房登記的櫃檯接待員甚至連頭都沒抬起來。我搭乘電梯直上頂樓，接著走過無人的走道，盡頭就是我的房門口。我不禁自忖，倘若我說我讓桑納布利亞逃走了，此時此刻，我們這位老友正搭著快艇航向安全之地……康黛拉會相信這樣的說法嗎？或許，一如往常，謊言聽起來更像實話。我打開房門後並未開燈。康黛拉依然躺在床單上睡覺，清晨第一道曙光正映在她赤裸的胴體上。我在床沿坐了下來，並以指腹輕撫過她的背部。她的身體冰冷如霜。直到此時我才驚覺，我誤以爲的暗影，其實是床上漫開了一灘如盛開康乃馨似的鮮血。我緩緩回過頭去，發現一支左輪手槍槍口正從陰暗的房門口瞄準我的臉部。傳話人的墨鏡在他蒼白的臉上閃閃發亮。他面露微笑。

「部長先生要我再三感謝您的大力合作。」

「但是他無法信任我的沉默。」

「時局艱難啊！朋友，祖國需要我們無私的犧牲啊！」

我以沾了血的床單覆蓋了康黛拉的遺體。

「您從來沒告訴過我貴姓大名。」說話的同時，我轉身背對他。

「我叫賀黑。」傳話人答道。

我猛地轉身；鋒利尖刀，彷若指間光點。刀鋒開腹，直搗胃窩。他的左輪手槍射出的第一槍穿過了我的左手掌。第二槍擊中了其中一根床柱柱頂，瞬間將它粉碎成一片冒煙的木屑。此時，桑納布利亞推崇至極的短刀已經割開了傳話人的喉嚨，他躺在地上，正逐漸被自己的鮮血窒息，而他戴著手套的雙手則拚命試圖將自己的頭部固定在軀幹上。我掏出左輪手槍，並把槍口塞進他嘴裡。

「我沒有朋友。」

當天晚上，我搭火車返回馬德里。我的手仍在淌血；疼痛，是嵌在記憶中的點點火焰。此外，任何人都會把我當作灰衣人群中的另一名灰衣男子，在這個被掠奪的當下，我們都被無形的線操弄著，懸浮在粉飾太平的舞台上。我躲在包廂裡，手上握著左輪手槍，空茫的眼神望著車窗外，我凝視這無盡的黑夜，彷彿正在這個血腥國家的土地上劃開一道深淵。桑納布利亞的憤慨將是我的怨怒，康黛拉的肌膚則是我的光明。我的穿掌創傷將永遠無法止血。拂曉時刻，望著馬德里的無垠曠野，我只能無奈苦笑。幾分鐘之後，在這座難以捉摸的大城裡，我的腳步將消失在街道迷宮中。一如既往，我的師父已經爲我指引了道路，即使他早已不在了。我知道，或許各大報章不會有任何關於我的報導，歷史書籍會以各種聲明和猜疑試圖湮滅我的姓名。無所謂了。我們這些灰衣男子可望與日俱增。不久後，我們可能會與您比鄰而坐，在咖啡館裡，或在公車上，默默讀著報紙或雜誌。歷史的漫漫長夜才剛要開始。

鼠鼠女子

我從未跟任何人提起過這件事，不過，我能找到這個住處，眞的是個奇蹟。她是蘿拉，她的吻宛如一曲探戈，而她正好在一號之二那棟樓的管理處當祕書。七月的盛夏夜晚，氤氳如焰、絕望瀰漫的夜空下，我遇見了她。我露宿街頭，睡臥在廣場旁的長椅上，卻被溫潤的雙唇觸感驚醒了。「你需要找個地方安頓下來吧？」蘿拉帶著我來到大門前。這幢建築物是矗立舊城區那些令人迷惑的方正陵墓之一，一座處處可見滴水嘴獸和修補痕跡的迷宮，門廊上寫著一八六六這個數字。我尾隨她上樓，幾乎一路摸黑前進。我們每踩一步，建築物總像老舊船隻一樣嘎吱作響。蘿拉沒問起我的工資和相關資料。這樣也好，畢竟，監獄從來就不給你這兩樣東西。閣樓就跟我的牢房一樣大，一個懸浮在一片屋宇苔原間的小房間。「我就住這裡吧！」我說道。說眞的，過了三年的鐵窗生涯，我早已失去了嗅覺，對於牆外傳來的慣性聲響，我也早就麻木了。蘿拉幾乎夜夜造訪閣樓。在那個宛若煉獄般的盛夏，唯有她那冰涼的肌膚和雲霧般的氣息不再燒灼世間。拂曉時刻，一片靜默中，蘿拉的倩影消失在通往樓下的樓梯間。我利用白天補眠。同一棟樓的鄰居們展現了同爲天涯淪落人的極大善意。我在這裡碰到六戶人家，家家戶戶皆有老幼，屋內喧鬧聲不斷，時時有人在走動。我最喜歡的鄰居是傅羅里安先生，他就住在我樓下，平日以製作彩繪洋娃娃爲業。我已經接連好幾個禮拜沒踏出這幢建築物一步。蜘蛛在我門前編織了一張張形同阿拉伯圖騰的網。露易莎女士，住在四樓的鄰居，總會上樓幫我送來一些食物。傅羅里安先生借了我一些過期雜誌，偶爾也找我比賽多米諾骨牌遊戲。鄰居的孩子們常邀我一起玩捉迷藏。我這輩子第一次體驗到受人歡迎的感覺，近乎被人疼愛著。午夜時分，蘿拉送上她裹著純白絲綢的十九歲胴體，盡情享受歡愉，彷彿這是最後一次。我與她歡愛到黎明，生命從我身上奪走的一切，我在她的肉體上重獲滿足。接著，我夢見了黑白的世界，一如流浪街犬和倒楣鬼。再怎麼不堪的雜碎如我，在這世間還是有窺探幸福的機會。那個夏天是屬於我的。八月底，市政府人員出現時，我以爲他們是警察。負責拆屋的工程師告訴我，他個人對「占屋行動」沒有敵意，然而，很遺憾的是，他必須炸毀這棟建築物。「您一定是搞錯了！」我連忙說道。我的人生，每一章皆以這個句子起頭。我趕緊跑下樓去管理處找蘿拉。但那裡除了一個衣帽架，剩下的只有厚厚一層灰塵。我上樓去找傅羅里安先生。只見五十個無眼洋娃娃在陰暗中逐漸腐爛。我跑遍樓上樓下，極力找尋同一棟樓的所有鄰居們。寂靜無聲的走道上，堆積的只有殘垣瓦礫。「這棟建築物從一九三九年開始就廢棄不用啦！年輕人……」工程師這樣告訴我。「炸彈把占屋者都炸死了，建築物也被炸得體無完膚。」我們在言語上起了爭執。我承認自己把他從樓梯推了下去。這一次，法官毫不遲疑地受理了案件。以前的獄友們常這樣說我：「反正，你還是會回到這裡來的。」負責管理圖書的赫南幫我找到了那次轟炸的報紙剪報。照片中，成排的屍體堆放在松木箱子裡，屍體雖已面目全非，但肢體仍可辨識。淌流成河的大片鮮血在街道石板上蔓延著。蘿拉穿著一身白衣，雙手按著傷口敞開的胸口。身繫囹圄的日子已經過了兩年，但在監獄裡，若不是靠回憶活下來，就是死在回憶裡。獄卒們自認聰明過人，但她總是懂得如何躲過監控。每到午夜時分，她的雙唇總會喚醒我。她爲我帶來傅羅里安先生和其他人的回憶。「你會永遠愛我，對不對？」我的蘿拉這樣問道。我告訴她，會的，我會的。

高第在曼哈頓

多年後，我凝望著大師的葬禮儀隊沿著恩寵大道前進，不由得憶起我與高第相識那一年，而我的命運也將因此永遠改變。

那年秋天，我來到巴塞隆納，進了建築學院。我懷著以建築師身分征服這座城市的夢想，領取的獎學金卻勉強只夠我支付註冊費用，以及位於卡門街上一間分租房間的租金。我和我那些家世顯赫的少爺同學們截然不同，最體面的行頭就只有父親留給我的那套黑西裝，穿在我身上，寬度足足大了五個尺寸，長度卻小了兩號。一九〇八年三月，我的導師，焦莫・莫斯卡優先生，把我叫到他的辦公室去，一來爲了評估我的表現，二來，我猜是因爲我的衣著太寒酸。

「密藍達，您這個樣子看起來眞像個討飯的！」他毫不客氣地說道。「倒不是說一個人穿了金裝就能成佛，但是建築師不一樣，衣著不夠體面就沒得混了。您如果有財務上的困難，我或許可以幫您一把。教授們都說您是個前景可期的年輕人啊！我問您，您對高第這個人了解多少？」

「高第」！光是聽到這名字就足以讓我猛打寒顫。

從小到大，我一直夢想著他那無人可及的拱頂、新哥德式鋪石路和未來派的原始主義。高第是我渴望成爲建築師的原因，除了這門學問不至於讓人餓肚子之外，我最大的志向是向這位出身西班牙北部小城雷烏斯的建築師取經。他是我心目中的現代普羅米修斯，我希望能汲取他魔鬼般的數學精華，即便只有十分之一，那是他構築所有創作的支柱。

「我非常仰慕他！」我馬上脫口而出。

「我想也是。」

我從他的語氣中聽出了些許遷就的傲慢，畢竟，當時的人聊起高第大多是這樣的反應。那時候，有些人口中所謂的現代主義已在四處敲起喪鐘，另有一批人則認定此派別純粹是冒犯優雅品味。新崛起的藝術糾察隊提出了強調簡潔的理論，並暗示多年來塑造了城市外貌的巴洛克風格凌亂外牆，皆應接受公開的嚴厲審判。高第的公眾形象開始被強調成一個終身未婚的孤僻瘋子，一個鄙視金錢的天才（這是他最不可原諒的罪行），他唯一的熱情是建造那座幻影般的大教堂，而他大部分時間都在教堂地窖裡度過，平日打扮和乞丐無異，卻畫出了一幅幅挑戰幾何學的建築構圖，並深信他唯一的客戶是上帝。

「高第已經過氣啦！」莫斯卡優繼續說道。「現在，他居然打算在米拉之家屋頂放上一座跟羅得島太陽神銅像一樣大的聖母像，在車水馬龍的恩寵大道上欸！膽子眞大！不過，他到底是不是瘋子，我們私下聊聊就算了，畢竟，歷史上再也不會有另一個像他這樣的建築師了。」

「我也有同感。」我附和他的說法。

「所以啦！您也知道，努力要成爲他的繼任者，根本就是白費工夫。」

這位威嚴崇高的大教授多半看出了我眼神中透露的不悅。

「不過，您說不定可以成爲他的助理。黎莫納❶家族有個成員告訴我，高第在找一個懂英文的人，至於原因，您就別問我了。他需要的是個西班牙文口譯，因爲這位固執的大師拒絕以加泰隆尼亞語之外的語言交談，尤其是當他面對的是部長、公主和王子之類的。我自告奮勇幫忙找個人選。『賭由史必克英格理噓？』（**Do you speak English?**）密藍達……」

---

❶ Josep Llimona（1864–1934），出身巴塞隆納的當代著名雕塑家，作品多為現代主義風格。

我猛吞口水，並在心中懇求馬基雅維利❷保佑，他可是快速決策的守護神啊！

「嗯……呃哩特。（A little.）」

「那就『空谷決雷動斯』（Congratulations.）！但願上帝能保證您說的是真話。」

那天下午，時近黃昏，我信步往聖家堂走去，高第在那座教堂的地窖有個工作室。那幾年，切割細碎的擴展區已經擴及聖胡安大道。過了這條大道，向外延展出一片海市蜃樓，融合了農地、工廠以及零星建築，彷彿矗立在繁華巴塞隆納城市網絡上的孤獨哨兵。不久後，暮色中浮現教堂後殿的尖頂，彷彿一把把匕首刺向緋紅色天際。一名守衛提著煤氣燈在施工建築門口等我。我跟著他穿過門廊和拱門，來到通往高第工作室的樓梯口。我下樓走入地窖，一顆心怦怦跳個不停。一座聚集了各種神話角色的大雜院在黑暗中晃動著。工作室的正中央，穹頂垂掛著四具人骨，簡直就像解剖學課堂上駭人的芭蕾舞。在這陰森可怕的布景下方，我看見一個身型瘦小、頭髮花白的男子，他擁有我此生見過最湛藍的雙眸，他的眼神能夠看透人們只能在夢中所見的意境。他放下正在畫草圖的筆記本，並對我微微一笑。他有孩童般的純眞笑容，同時兼具魔力和神祕。

「莫斯卡優大概跟您說我就像一道光，而且從來不說西班牙語。非說不可的時候，我還是會說的，雖然只是爲了跟人唱反調。我眞正不說的是英文，偏偏這個禮拜六我得啓程去紐約。你會說英文吧？年輕人……」

那天晚上，我覺得自己是宇宙間最幸運的人，竟然能和高第閒聊，並且分享了他的晚餐：一把堅果，加上幾片佐了橄欖油的生菜。

「您知道什麼是摩天大樓嗎？」

因爲缺乏切身體驗，我乾脆把課堂上教過的相關概念複習一遍，芝加哥建築學派、鋁架結構以及當時的新發明，奧的斯（Otis）電梯。

「胡說八道！」高第打斷我的回應。「對於那些不信上帝、只信金錢的人的

---

❷ Maquiavelo（1469–1527），義大利文藝復興時代大師，身兼哲學家、歷史學家、政治家、外交官，被譽為近代政治學之父。

來說，摩天大樓就是他們的大教堂。」

我因此而得知，高第接受一位大亨委託，將在曼哈頓島建造一幢摩天大樓，而高第和這位神祕大亨預定數週後在華爾道夫酒店會面時，我的任務是擔任他們的口譯。我連續三天把自己關在房間裡，成天像著了魔似的複習英語文法。週五那天，黎明時刻，我們搭乘火車前往加萊，接著，我們橫越英吉利海峽，然後在南安普敦搭乘皇家郵輪「盧西塔尼亞號」。才剛登上郵輪，高第隨即因思鄉情懷而躲進了艙房裡。直到隔天傍晚，他才走出房門，我發現他坐在船頭凝望著地平線上暈染了寶藍和鉛灰色雲彩的腥紅夕陽。「這是由蒸氣和光線構成的建築。若要學習，就應該師法自然。」對我來說，這趟旅途成了令人眼花撩亂的速成課程。每天下午，我們一起在甲板上散步，並閒聊計畫和夢想，甚至討論了生命。在沒有其他人相伴的情況下，或許也因爲他已察覺到我對他有宗教式的崇拜，高第和我建立了友誼，並向我展示了他畫的摩天大樓草圖，一體成形的華格納式細針，一旦建築完成，將是人類建築史上最驚人的傑作。高第的創見讓我屏息凝神，但即使如此，我也注意到他評論這項計畫時的語氣裡沒有一絲熱誠或興奮。

抵達目的地前一晚，我鼓起勇氣問了從啓程就一路折騰我的疑問：他爲什麼會接受這個可能耗時數月，甚至數年的計畫？而且必須遠離故鄉，尤其要暫停他傾注畢生之力的代表作？

「有時候，上帝的作品需要藉由魔鬼之手來完成。」這時候，他向我坦承，只要他同意在曼哈頓中心建造這座巨塔，這位客戶承諾將支付聖家堂最後工程的所有費用。我還記得他是這麼說的：「上帝雖然不急，但我無法永生不死……」

我們在暮色中抵達紐約。一片陰沉的濃霧在曼哈頓高樓間匍匐蠕行，整座大都會沉陷在風暴和硫磺參雜的紫色天空下。一輛黑色轎車已在雀兒喜碼頭等候，隨後載著我們穿越黑暗的城市峽谷前往曼哈頓島。鋪石路面之間不斷湧出一團團蒸氣，成群的電車、汽車和發出轟隆聲響的大型機械在大街上爭先恐後，瘋狂疾行在這座傳奇豪宅聚集、宛如地獄般的蜂巢之城。高第帶著陰鬱的眼神觀望眼前的一切。當我們沿著第五大道前進時，一道彷若刀劍的血紅亮光鑽出雲層，俐落地朝著城市砍了下去，這時候，我們瞥見華爾道夫大飯店就在前方，這座由複折式屋頂和塔樓組成的壯麗陵墓。二十年後，在它的灰燼之上，帝國大廈將巍然矗立。飯店總經理特地親自迎接我們，他告訴我們，那位大亨將在傍晚接待我們。我立即翻譯了這段話。高第只是一逕點頭。我們被帶往六樓的豪華客房，在那裡，暮色中的城市景致盡收眼底。

我塞了一筆豐厚的小費給提拿行李的小弟，並打探出我們那位大客戶就住在頂樓套房，並且從未離開過飯店。當我問他那位客戶是何方神聖？長相如何？他卻答說自己從來沒見過他，然後就急急忙忙跑走了。約定的會面時刻到了，高第起身時，對我拋出了焦慮的眼神。一身紅色制服的電梯操作員在走道盡頭等我們。搭乘電梯上樓時，我發現高第臉色慘白，幾乎連裝著建築草圖的文件夾都拿不住。

我們來到一間大理石大廳，前方連著一條長廊。電梯操作員在我們後方關上了門，電梯轎箱消失在深深的底層。這時候，我瞥見一盞燭光正沿著走道朝著我們前進。捧著蠟燭是個一身白衣的清瘦身影。一頭烏黑的長髮襯托著我記憶中最蒼白的臉龐，那張臉上，一雙湛藍眼眸緊釘在靈魂上。那雙眼睛和高第一模一樣。

「歡迎來到紐約！」

我們的客戶是一位年輕的女士，驚世的傾城之貌，幾乎讓人不敢直視。一位維多利亞時代的歷史學家或許會把她形容爲天使，但我在她身上實在看不出一絲天使應有的純眞。她的舉止宛若貓科動物；她的微笑，近似蛇蠍。這位女士把我們帶往陰暗的房間，屋裡的燭光散發著風暴過境般的顫動光芒。我們坐了下來。高第逐一展示他帶來的草圖，我也立即翻譯了他的解說。歷時一個鐘頭，或歷經了永恆，而後，這位女士緊盯著我，不時舔著朱唇，暗示我此時該是讓她和高第獨處的時候了。我側身睨了大師一眼。高第點頭回應，心思令人費解。

我和直覺經過一番奮戰之後，還是順從了他的指示，退到房門外的走道上，這時候，電梯已經開門等候。我不由得駐足回頭張望，眼看著那位女士傾身挨著高第，雙手輕柔地捧著他的臉龐，並輕吻了他的雙唇。就在此時，陰暗中劃過一道閃電，霎時，我覺得在高第身旁的並非一位女士，而是一具死屍般的黑色幽影，並頂著一頭及地黑髮。電梯關門前，我看到的最後一幕是熱淚滿面的高第，彷彿滿臉凝結了滾燙的珍珠。回到房間後，我癱在床上，強烈的作嘔讓我幾乎喘不過氣來，腦子裡浮現的盡是黑暗的夢境。

當黎明第一道曙光映在我臉上時，我趕緊跑到高第的房間。床鋪完好整齊，房裡不見大師的身影。我下樓詢問接待處櫃檯人員，是否有人知道他的下落。一位門房告訴我，一個小時前，他看見大師走出飯店，並沿著第五大道往前走去，當時，一輛街車差點兒從他身上輾過去。說不上來爲什麼，但我大概知道在哪裡可以找到他。我跑了十個街區，來到清晨空無一人的聖派翠克大教堂。

我從教堂門檻瞥見了大師跪在祭壇前的身影。我慢慢走近，並在他身旁坐了下來。在我看來，他那張臉一夜之間老了二十歲，臉上帶著將伴隨他走完餘生的茫然神情。我問他那名女子是誰。高第望著我，一臉困惑。此時我才恍然大悟，看見那名白衣女子的人只有我，不過，我實在沒膽量追問高第看見的究竟是什麼，可以確定的是，他當時也是同樣的眼神。那天午後，我們啓程返國。我們望著紐約逐漸消失在地平線外，這時候，他拿出文件夾裡的建築草圖，從甲板上拋向海中。我嚇壞了，連忙問他完成「聖家堂」建造計畫的所需經費怎麼辦。「上帝不急，而我卻付不出祂要求的代價。」

回程的旅途中，我無數次追問他，對方出的價錢究竟是多少？我們拜訪的客戶眞實身分爲何？每次發問後，他總以微笑回應我，一臉疲憊的他，只是默默搖頭。抵達巴塞隆納之後，我這份口譯的差事也跟著結束了，不過，高第允許我隨時都能去拜訪他。我回到學院的日常生活，莫斯卡優早已等不及要套我的話。

「我們去曼徹斯特參觀了一家鉚釘工廠，但是三天後就決定打道回府，因爲高第說英國人只會吃煮牛肉，而且對聖母有反感。」

「眞是服了他了！」

後來，某次造訪聖家堂時，我在其中一處三角楣上發現了和白衣女子一模一樣的面容。她的身體被蛇群纏繞著，看起來就像個雙翅鋒利、耀眼卻殘忍的天使。高第和我從未再聊起紐約發生的事情。那趟旅程成了我們之間永遠的祕密。這些年來，我總算成了合格建築師，經由大師推薦，我順利成了艾克特・吉瑪❸

---

❸ Hector Guimard（1867–1942），法國著名建築師、設計師，知名作品包括巴黎地下鐵車站出入口。

巴黎工作室的一員。

就在巴黎，那個曼哈頓之夜發生整整二十年之後，我獲知高第的死訊。我搭上了駛往巴塞隆納的首班火車，正好趕上葬禮隊伍正經過我們當初相識的聖家堂地窖。那天，我向吉瑪提出辭呈。黃昏時刻，我重溫當年第一次步行去聖家堂拜訪高第的路徑。這座城市處處可見施工中的建築工地，綴著星辰的滿天紅霞中映著聖家堂的輪廓。我閉上雙眼，過了半晌，似乎看見了它已如高第在想像中所見的樣子完工了。就在此時，我知道自己將傾注一生之力去接續恩師的作品，而他早就意識到，遲早要交棒給他人，這些接手的人，也會以同樣的方式傳承下去。因爲，就算上帝不著急，但是高第，無論他在何處，他一直還在等著。

兩分鐘啟示錄

世界毀滅當天，我剛好在第五大道和五十七街路口，眼睛直盯著手機。一個銀色眼眸的紅髮女子轉過頭來看我，並對我說道：

「你有沒有發現，手機越聰明，人就越笨？」

她看起來就像吸血鬼的妻子，一副剛從哥德式飾品店滿載而歸的模樣。

「需要我幫忙嗎？小姐……」

她說，世界已經走到末日。天庭下令撤回敗壞的世間；她是陰間派來的墮落天使，就爲了讓我這樣的可悲靈魂依序墜落第十層地獄。

「我以爲……地獄只有九層啊！」我提出反駁。

「我們不得不再加一層，就爲了收容那些一輩子自以爲會長生不老的人。」

我從來沒把自己的藥物當一回事，不過，瞥一眼那雙銀灰色眼眸之後，我知道，她說得確實沒錯。她察覺到我的沮喪，隨即宣稱，她從未從事過財務工作，並非斤斤計較之徒，因此，在巨變登場、宇宙即將爆炸化爲粉塵之前，她可以讓我完成三個願望。

「你得做出明智的選擇啊！」

我思索了半晌。

「我想認清生命的意義，我想知道哪裡可以吃到世上最美味的巧克力冰淇淋，還有，我想談戀愛。」我宣布了自己的願望。

「關於你的前兩個願望，彼此互爲答案啊。」

至於第三個願望，她給了我深情一吻，讓我頓時明瞭世間眞義，也讓我想努力成爲一個正直的人。我們在公園裡散步告別，接著到對街的哥德式首都大飯店搭乘電梯直上頂樓，在那裡，我們見證了世間巨變登場。

「我愛妳！」我說道。

「我知道。」

我倆佇立原地，十指緊扣，眼看著深紅色烏雲鋪天蓋地而來，隨即遮蔽了無垠天際，這時候，我不禁激動落淚，因爲我終於體會到幸福的感受。

www.booklife.com.tw reader@mail.eurasian.com.tw

當代文學 157

氤氳之城

【當代最受歡迎西班牙作家薩豐，獻給書迷的告別故事集】

作　　者／卡洛斯・魯依斯・薩豐（Carlos Ruiz Zafón）
譯　　者／范湲
發 行 人／簡志忠
出 版 者／圓神出版社有限公司
地　　址／臺北市南京東路四段50號6樓之1
電　　話／（02）2579-6600・2579-8800・2570-3939
傳　　真／（02）2579-0338・2577-3220・2570-3636
總 編 輯／陳秋月
資深主編／李宛蓁
責任編輯／朱玉立
校　　對／周婉菁・朱玉立
美術編輯／金益健
行銷企畫／陳禹伶・朱智琳
印務統籌／劉鳳剛・高榮祥
監　　印／高榮祥
排　　版／陳采淇
經 銷 商／叩應股份有限公司
郵撥帳號／ 18707239
法律顧問／圓神出版事業機構法律顧問　蕭雄淋律師
印　　刷／祥峰印刷廠
2021年10月 初版

定價 360 元　ISBN 978-986-133-790-6

每一本書，都是有靈魂的。
這個靈魂，不但是作者的靈魂，
也是曾經讀過這本書，與它一起生活、一起夢想的人留下來的靈魂。

——《風之影》

國家圖書館出版品預行編目資料

氤氳之城：當代最受歡迎西班牙作家薩豐，獻給書迷的告別故事集／卡洛斯・魯依斯・薩豐（Carlos Ruiz Zafón）著；范湲 譯.
-- 初版. -- 臺北市：圓神出版社有限公司，2021.10
256 面 14.8×20.8 公分. --（當代文學；157）
譯自：La ciudad de vapor
ISBN 978-986-133-790-6（平裝）

878.57　　110014255